国家出版基金项目
NATIONAL PUBLICATION FOUNDATION

东北流亡文学史料与研究丛书·作品卷

复仇之路

马加 著

北方联合出版传媒(集团)股份有限公司
春风文艺出版社
·沈 阳·

主　编　张福贵
作品卷主编　滕贞甫

图书在版编目（CIP）数据

复仇之路/马加著. —沈阳：春风文艺出版社，
2019.11（2022.2重印）
（东北流亡文学史料与研究丛书）
ISBN 978 - 7 - 5313 - 5632 - 5

Ⅰ.①复… Ⅱ.①马… Ⅲ.①短篇小说—小说集—中
国—当代 Ⅳ.①I247.7

中国版本图书馆CIP数据核字（2019）第178603号

北方联合出版传媒（集团）股份有限公司
春风文艺出版社出版发行
http://www.chunfengwenyi.com
沈阳市和平区十一纬路25号 邮编：110003
永清县晔盛亚胶印有限公司印刷

责任编辑：姚宏越 刘 维　　　责任校对：于文慧
封面设计：马寄萍　　　　　　　幅面尺寸：155mm × 230mm
字 数：165千字　　　　　　　印 张：11
版 次：2019年11月第1版　　　印 次：2022年2月第2次
书 号：ISBN 978-7-5313-5632-5
定 价：48.00元

目 录

复仇之路

事变的消息在堡子里传开了，像烈火一般地燃炽着每一个人的心灵。大街上从早晨就有人讲述着可怕的新闻，那是关于日本兵占领沈阳城的事件。大炮是怎样响的，北大营是如何被烧的。

"嗬！真牲性，日本鬼进了沈阳城！"

人们惊叹着，脸上挂着恐怖的神色。眼睛对着眼睛互相惊骇地凝视着，头上的青筋随着每一次急促的呼吸跳动着。一个名叫二卡的小伙子站在土岗上，拉长了喉咙，粗声地喊着。声音向着一条冷静的深巷中慢慢波动着。

"大五你来！"

二卡用眼睛给大五示意，于是二人踉踉跄跄地离开人群，走过一面影壁去。街上的灰尘被风吹到远方处，牛犊和毛驴在一块荒原上呻吟着，声调异常微弱而凄凉，正像人们的谈话声有着同样的悲凉的意味。两个人低下头去，直走到镇子墙底下便停下了。

"我们都完蛋了！"

二卡又把那可怕的消息重复着，声音是颤动的，随着声音的节奏浑身的筋肉都在颤动着，灰白色面孔上的表情显示出深深的不安。他说完便开始焦灼地踱着脚步，两片铅色的嘴唇微微地动着，似乎在诅咒着什么。

"大五！真的，少帅的军队已经退出去了，退出去了！"二卡叫着，故意把每一个字音说得特别响亮，那好像特意让对方注意。两只手做出一种难过的动作："真的，大五，日本鬼要来，庄稼人个个都得砍头，你忘了吗？七公台那回事，日本鬼找借口杀了中国人，老百姓……"

大五从沉默中跳起来，好像受了什么刺激，睁大了眼睛叫着，声音显得森然而恐惧。

"不得了！不得了！二卡，你还听说些什么呢？"

"日本鬼确实进了沈阳，东北兵工厂耍手艺的工人都下乡啦，到处哄扬。"

"兵工厂怎样呢？"

"也叫日本鬼占了！"

"占了?!"大五叹息着，又继续问，"督军署呢？"

"督军署也叫日本鬼占了！"

"沈阳城呢？"

"占了，日本鬼子进了沈阳城，见人就杀……"

"官银号呢？"

"都占了，一切全完蛋了。"

二卡痛惜地答复着，叹息着，喃喃地发出一种愤怒的声音："官银号，多么可惜呀！"

两个人在痛楚中沉默了。

大五走回家去，把他们听到的消息又述说了一遍。他的老婆哭了，他的孩子也哭了，声音是异常悲切，那是在绝望时候所发出的呻吟。但是，大五并不去理会他们，一个人闷闷地靠在条案桌子旁边默想，他想到沈阳城，想到日本兵，想到将要收成的高粱，一切的想象都使他感到异样颓伤，他的整个感情全都沉浸在痛苦的深渊中。

日子一天天过去，恐怖的消息越发增多起来。有许多关于胡匪所造成的灾难的传说，也有某某地方拉起抗日义勇军的传说。堡子里的小伙子都撂下挑子，没心干活了，把镰刀挂在大梁上，瘦驴在牲口圈里呻吟着，草原上放猪的孩子也渐渐少起来，甚至人们把收成也快忘了，完全被恐怖的消息恫吓住了。

大五也不像往常那样活跃，眼睛失去了光辉，皱紧眉头，不常说话，无论对于什么事都是淡漠的，动作也是懒散的，好像一点心思都没有。大地里没有他的足迹，园子很少去，背草捆的活计不干了，短曲也不唱了，不挑水，不编筐，不切草，一切的活计都不想干了。他觉得这世界再也没有希望了！他不相信他的劳动会取得什么代价，他更不相信这变乱的世界对于他的劳动代价会有所保障。

消息一天一天地紧张起来，在极度的纷扰中那恐怖的事情便接连着发生了。先是人们望到了飞机，它带着太阳标志在天空中嗡嗡飞翔着，从天空投下了炸弹，一个巨大的声音震荡着，人心惶惶。火车上载满了难民，甚至连车顶也爬上了人，人们哭天喊地，火车冒着白烟，慌张地向着北平驶去。

人们站在土岗上遥望着火车，谈论着，倾听着，神情异常惊慌。人们聚精会神地向前方望着，他们望见从站前的大道上走来一个小伙子，这人走到近处，大家认得是二卡。

"怎么样？车站上又出了什么岔头？"

不知是谁从人群中挤出黑脑袋问询着，语调是惊慌的，跟着是一大片吵嚷的声音。

"二卡！"

"怎么回事呀？"

"炸弹炸死了人！"

"炸死了谁？"

"一个老爷们儿！血淋淋的脸甩在洋旗外头……认不出来了。"

有些好事的老年人也从屋中走出来，摇着蒲扇，站在人群当中，用长长的指甲捋着苍白的胡须，聚精会神地倾听着，叹息着，摇起蒲扇，喃喃地诅咒起来。

"鬼子杀人，真邪乎！"

"老大爷，你不是经过光绪二十六年（1900）跑反吗？"

老人沉下心去，把过去的经历一一讲给大家听。讲起清末时，俄国大鼻子在长山子挖了战壕，日本小鼻子在沙岭抄了后路，日俄一打起来，大炮轰轰响，吓得鸡飞狗跳墙，老百姓三九天在雪地里跑反……老人讲的那些故事好像就发生在眼前。

"那时候也遭罪吗?"有人问。

"遭罪还算回事，数九寒天，烟袋疙瘩的冰雹打死家雀，大雪没了车沿，小孩冻掉耳朵。"

时间一天天地过去，一列一列的难民车奔向远方去，带着太阳旗的飞机照旧投掷着炸弹。每当一个巨大的声音爆裂，人们的神经都紧张起来，谈话声停止了，互相凝视着。一天，大五家刚刚吃过晚饭，一条淡黑的影子跨过短墙，接着那脚步声便在瓦块上锵锵地响了。

"又有什么新闻，二卡?"

有人叫着二卡，二卡伸出一只拳头，从大五背后转过身子，吼叫着。

"李家屯有人拉出去了。是七十二个，八九七十二个，听说随了义勇军。"

"哼! 大家干一场，就是死了，也不给日本鬼子当奴才。"

"真好样的!"

人们像脱离了拘束一样，纷纷议论。即使有天大的王法，人们也不在乎了。法律和道德已经失去它的效力。大家想着各种避难的法子，想着抵抗日本鬼子的法子。大街上不住地敲锣集会，广场上变成了露天会场，许多小孩子也跑去凑趣，随着大人骚动起来。

堡子里一些有钱的人家迁到外地去，抛下自家的田地和房屋。近几天又传来了关于义勇军的消息。

那是霜降以后的一天。

早晨，从村落外传来稀稀落落的枪声，还有小钢炮的爆炸声。

"大五!"

二卡喊着大五，大五踏着踉跄的脚步走来了，昂着头，胸坎上的铜纽子闪闪发光，腰上扎着青坎布花旗带子，挺着胸脯走上前来。

"听到什么动静?"

有人摆手，接着从西北方响起枪声，人呐喊着，犬吠着……那声音由远而近越来越大了，喧扰着，吼叫着，骚动着，多种声音混成了一片。铜锣声一阵紧张一阵弛缓传送过来，从一片青纱帐中望到一片烟火，火苗奔腾着。

堡子里一些人都跑到街上来了，有的背着快枪，有的拿着镰刀，神情都是那样紧张。

"怎么回事呀?"

"日本鬼子打来了，快逃命吧!"

大街上纷乱的人群，听见喊声立刻跑散了，躲的躲，藏的藏，整个村子冷冷清清，烟筒不冒烟了，连狗吠的声音也听不到了。

一股股白烟在村子里的上空飘散，漫着房顶和树梢直滚着火苗，不知谁家的房子着火了，一处接着一处。

日本兵撞进了村子，大街上响着刺耳的尖叫声，刺刀闪着寒光，零乱的脚步胡乱地奔跑着，接着便听到人们号叫的哭喊声，咒骂声，狗吠声……在火光中，日本兵的钢盔闪动着，日本兵到处搜老百姓，妇女在啼哭着。

大五从倒塌的墙壁后面闪出来了，他脚上的鞋跑掉了，衣襟敞开了，他踏着路上的斑斑血迹，满地的子弹壳，怀着紧张颤抖的心，急忙跑回家来。他走到自己的家门口，幸好没有碰见日本兵。他进到院子里，这院子已经坍塌不堪了，鸡架被捣毁了，仓房被捅破了门，看来已经被日本兵糟蹋过了。他冲进屋里，想看看家里的光景，他预感到什么可怕的事情，战战兢兢地进了里屋。他寻找自己的孩子，孩子不见了，他看到炕上躺着自己的妻子，披头散发的，露在被子外面的衣裳都被扯破了。

"孩子他妈，你怎的了?"

他喊了几声，他的妻子没有出声，焦黄的脸没有血色，蓬乱的头发，两只眼睛紧闭着，好像怕看见他一样，对他的喊声毫无反应，她显然是已经完全失掉了知觉。他摸一摸她的胳膊，胳膊是凉的。"难道她死了吗?"他悲痛而且难过，跌倒在地上，揪心地想着，"她是怎样死的呢?"他要弄清楚究竟,猛然掀开了盖在女人身上的被,那女人的下体裸露出来了。他害怕地颤抖起来,热血冲到头梢,他疯狂地撕扯着自己的胸襟,喊叫着:"她叫日本兵祸害死了。"这时候占据他头脑的唯一念头,就是复仇!复仇!

他走到房子外边,在仓子的角落旁边,又看见躺着一个被刺刀捅死的孩子,血肉模糊,他低头望一望,立刻昏过去了。

过了多少工夫,二卡把他唤醒,看见大五脸上没有一点血色,他悲愤而又同情地说:"大五,我们也拉出去吧,投奔义勇军去报仇,只有这一条道了。"

过了几天,天刚放亮,街上又骚动起来,人们又恐惧地走到街头,听着动静。远处响着枪声,牲口咴咴地叫唤,不远处还有混乱的脚步声。

大五走出起脊的草房,来到街头,只见二卡从树障子远处跑来,手里拿着快枪,迎着晨雾,愣怔怔的。人们纷纷惊恐地问道:

"二卡,又发生了什么事?"

"这是什么世道哇!"

"是不是日本兵又打来了?"

人们正在惊慌的时候,从街头拥过来许多人,透过蒙蒙灰雾,露出庄稼人的乌拉鞋,身上背着步枪,胳膊上扎着黄布袖标,穿着一色的便衣,一看就是老百姓自己的队伍。

二卡高兴地拍着大五的肩膀:"我看八成是义勇军来了!"

只见有几个小伙子从街头那边跑过来,一边跑一边喊:

"不要怕,打日本的义勇军来了!"

"义勇军来可好了!"

"是义勇军吗?"人们惊喜地睁大了眼睛,许多农民站在车辙的两旁热狂地喊着,欢呼声像阵雷一般地轰响着。接着,义勇军的大部队便从大街的一端走近来了,打着鲜明的旗子,吹着口笛,步伐异常整齐，一支一支的枪在阳光照耀下反射出威严的光辉。站在路两旁的农民兴奋地欢呼着，呐喊着，好像在欢迎凯旋的英雄一般，一阵又一阵地鼓起掌来，那阵势像潮水一样在人群中滚动，声浪不断扩大开来。

二卡和大五挺起了胸脯，握紧手里的快枪，向义勇军的队伍跑去，嘴里喊着："你们来得太好了，我们老百姓有活路了！"

义勇军的一个老队长，伸出树枝一样枯干的手，紧紧拉住大五的手，干涩的眼睛闪着亮光，期望地看着他的脸，一字一眼地说："老乡，咱们都是中国人，一块去打日本吧！"

"那敢情可太好了！"

大五斩钉截铁地回答说，眼睛已经潮湿了。

小小的村庄好像复活了新的生命，人们笑开了脸，有些人举起手中的农具，兴奋地呼喊着。村子里背枪的小伙子们聚拢过来了，带着坚决的神色，跟着二卡和大五，昂着头，大踏步向义勇军走去。每一家的大门都敞开着，连圈里的牲口也快活地嘶叫着。这气氛使每一个人都受了感动，但是，他们不曾忘记日本兵是如何的凶狠与残暴，怎样杀死和奸污无辜的亲人。

过了一阵，喧闹的声音渐渐沉寂下去。有许多农民参加到义勇军的队伍里，自己带着枪和马，勇敢地站到义勇军的队伍里，毫不迟疑。他们相信只有这样做，才能从死亡的边缘走上解放的路。

九音号吹响了，声音是那样清脆。义勇军的队伍开始集合，背着枪，沿着村子大街站了一长溜。村子里参加义勇军的庄稼人也站在队列里。二卡来得最早，站在头里，心情非常激动，还有抗年造的伙计和猪倌，也掺杂在队伍里。大五走过来，坚定地走进队伍的行列。当他随着义勇军大队准备出发的时候，看见了自己住的起脊草房，忽然间有一种恋恋不舍的感情涌上心头，但是，家里已经没有剩下什么可以让他留恋的了。于是，他挺起了胸膛，毅然走上复仇的道路。

一九三四年

同 路 人

　　我在街上走着，脚步特别缓慢，那样没有心思，没有感触，像是一个受过强烈刺激后而失掉知觉的人，不兴奋也不悲伤，周围的声音与色彩都不能引起什么反应，仿佛特意是来散步，观赏着事变后营口市街所特有的景色。

　　街道并不宽，在油漆的马路上时常有汽车从身旁飞过，一股股烟雾混合着灰尘。我看着那坐在汽车上的日本人，心灵中反映出一种羞愤的情绪；我用手指弹着衣裳，仍然走我的路。

　　营口，我还是第一次来。它从前是怎样我不知道，不过这一次给我的印象却是恐怖的，同时夹杂着一种令人酸痛的气氛，五色旗，标语，宣传图片，那一切都只能引起我的厌恶。任何一个中国人，一个有感情的中国人，都不会从那无聊的标语中引出啥快感来。似乎在这一条街上已经找不出多少中国的痕迹来，这个地方给我的印象太灰暗了！太消沉了！

　　我觉得非休息一下不可，四天的海途生活使我疲惫不堪了。

　　"住大同旅馆，又贱又干净，住下吧，先生！"

　　"大通栈……"

　　这样的声音同时响在我的周围。叫喊的人还伸出那粗黑的手要抢我拿的包裹，我极力拒绝着，拼着死力好容易摆脱了纠缠，吐出一口气来，觉得身上特别舒畅，仿佛从饿虎的口中脱逃了生命。

　　"我不住店，先吃饭，打听打听，有火车先走，没有火车再说……"

我走进小饭馆去，在一张小桌旁坐下，掌柜的笑脸迎来，用他那熟悉的声音和我谈话，我要了菜饭。

正是夏天，一种熏热的气息到处流动着，灶间的炉火正烧得熊熊发光，肉案子上飞着嗡嗡的苍蝇，伙计提着开水壶走向那黑暗的一角，热水倒在茶杯里，腾腾的热气，飞向那漆黑的屋顶。伙计拼着尖锐的嗓子招呼着顾客。

纸糊的窗户敞开着，越过窗户我可以望到外面的光景，小小的楼房，五色旗，日本人，汽车和一群群劳动者忧愁的面孔。

"满洲国！"

我发出这一个不屑的声音，这几个字在我口中还是第一次发出来，我感到那样痛苦与失望。掌柜的听了我的话也发起牢骚来，他把黑草帽摘下去，坐在板凳上伸了伸懒腰。

"'满洲国'，狗国，拿老百姓来遭殃！"

掌柜的非常愤慨，我的话引起他激烈的情绪来，我不禁埋怨自己，初到"满洲国"，怎么就不小心露出反抗的言语来，这有多么危险。我设法把话头转到别处去，我不愿在一个生人面前谈论这个危险的话题。

"掌柜的，你们饭馆赚钱吧？"

掌柜的听了我的话，越发激愤起来，他站起身说："先生，谁说赚钱，自从'满洲国'以来，老百姓都不得活，税比以前加重了，胡匪比以前多了，钱比以前难挣了！弄得买卖不得做，庄稼也不收成，百市两行，只有日本人打吗？"

"那么你不是'满洲国'人吗？"

"不！先生，我是中国人！我是中国种！"

在这"满洲国"地方，国家改了年号，旗也变了色，但是在群众中间，仍然有一种不可消磨的力量，我想着，几乎激动了。

我喝着茶水，继续和他攀谈。

"掌柜的，这街上有很多日本人吗?"

"先生，日本人不多的，两个人，白天来晚上走。"

"为什么走呢，掌柜的?"

"不太平，这街上常常有胡子，义勇军，枪杀日本人，前天还在大洼和日本人打一次仗，他们不敢在这儿住，胆子小。"

从掌柜的谈话中，我知道了这许多令人满意与兴奋的新闻，然而我同时又产生了一些疑惧，这小饭馆是不是专为探听客人消息的地方? 或那老掌柜是不是用故意表示不满来探听客人的态度? 也许是我太神经质了? 但不管怎样，我还是早一点离去为好。

问了小伙计，说已是四点钟。太阳光射到西面窗棂上，那颜色同人的皮肤一样，显现出惨淡与焦黄，这时候，我觉得应该起身了，付了钱，走出了门外。

我从三个不同的地方探听着火车的消息，那三个地方的答复完全是相同的，赶火车是来不及了。

"就住下吧，再把这营口的形势认识一下。"我默想着该怎么办。

我要住店的时候，遇见一位姓佟的同路人，我们是从天津坐同一条轮船来到这里的，他是一个大学生，我们在轮船上相处了三天，很谈得来，我们一同吃饭，船停了，我们到海滩上去散步，观赏那汹涌的潮水，还一起买螃蟹吃。他是一个中等身材的汉子，脸色微黑，高亢的声音，给人一种快活的印象。

"还是住下吧! 想什么? 时候来不及了。"

我听了他的话，点头表示同意。

这街上在"满洲国"成立以后表现出一种异样的色彩，若说从什么地方能观察出来，在我的心中实在找不出来具体的回答。这块土地在不久之前已经变了颜色，换了主权，一些新的统治者登场了，这些新的统治者做着黄金的迷梦。他们倚仗那帝国主义的暴力，剥削着广大的群众。我也是群众中的一员，同样不可解脱那悲哀的命运，我和佟都是被统治下的可怜的人民，我向他的脸上探索有什么不快的颜色，但是他并没有表示。

天色快要黑了。街上人来人往，却很少有我们这种似商非商的打扮，这使我在行动上格外小心。

我们踉跄地迈着脚步，转过小胡同，来到一条路面很窄的街道，小商铺和小饭店一家接着一家，幌子挑在门前，在晚风中飘荡着。

佟领头走进一家旅店，屋门很狭，屋子里充满了湿潮的土气，使人一进屋便产生一种不痛快的感觉。漆黑的两扇门闪烁着那死沉沉的光辉，从门板中跳出来一个三十多岁的黄脸大汉，他打量着我们说："先生……住下吗？有单间。"

佟向他打听了价钱，看了屋子，他决定就住在这里，我也表示同意。八尺长的炕只住两个人，当中放着一张茶桌，桌上摆放着茶壶和茶碗，纸糊的粉壁墙上处处都可以发现臭虫的血迹。小伙计送上水壶，倒上了洗脸水。我们太累了，解了包裹，脱下外衣，就躺下来休息。

天越发黑下去，黑沉沉的屋子，显出异样寂静，阴森，仿佛恐怖从四面一起向这屋子袭来。这时候我陷于深深的迷惘。"这次回来是走错了路吗？"我为这个问题苦恼着，九一八事变后，费了九牛二虎的力量才保存着这一条生命，现在，这生命还能延续多久呢？即使能够存在下去，生活在这地狱之中，还不是受着帝国主义的压迫摧残？我为什么要回到家乡来呢？

佟太困了！他发出不自然的鼾声。

外边有脚步的声音，从门槛上踏进来一个瘦弱的中年书生模样的人。我并没有起来，他坐在茶桌的旁边，放下了笔和纸簿。

"先生，写店簿。"

我听着他的话，忙着应付。

"写吧。"

"贵姓？"

"姓李。"

"尊号?"

"我叫李树华。"

"多大岁数?"

"二十五岁。"

"您贵干?"

"我是商人。"

"是,你是商人?你到营口这里做什么?"

他把笔放下,沉吟了半晌,仿佛有什么秘密被发现了一样。他发现我的态度很骄傲,又对我做出无上尊敬的样子,而我对于他则产生了极端的厌恶。

我把佟推起来。他也一项一项地填写着,我们两个人都写了商人的职业。那写店簿的人摇了几次头说:"店簿是不能马虎的,宪兵、警察时常要看,要考察,漏了店簿是了不得的,店东也要受连累,那日本人更挡不起。"

"没有秘密,当然是不怕日本人的。"

佟现出镇静的态度,在嘴唇边挂着不自然的笑容,等写店簿的走出屋的时候,他才收敛起笑容,打了个哈欠。

"你困吗?在船上太累人!"

佟现出不安的样子,摇着头,拉着我的手在他身边坐下。"不!我也不知道怎样睡着了,不是你把我喊醒,我还不知道写店簿呢……"

我们虽然还没有恢复那疲劳的肢体,但却不知被什么吸引着,好像从这一块地方可以发现什么令人惊奇的东西。

我们把东西放在店里,我和佟又走到街上去,天色毕竟是黑了。整个的街上,弥漫着淡灰的烟雾,短小的人影踯躅在马路的两旁,电灯从高的距离上照射出微弱的光芒。我们缓步徘徊着,从狭的街走向宽的街,远方的楼房显出那庞大而沉重的轮廓来。

一辆汽车从对面一家百货商店门前突突地驶过来,警察叫喊着驱赶着两边走路的人避开，汽车不停地鸣着喇叭，强烈的灯光射到三丈外的地方，灰尘与汽油的气味冲进了我们的鼻孔。

我们向南沿着一条马路走下去，在惨淡的灯光中，辨不出衣服的颜色来，各种身材、各种表情的人们，匆匆地来去，组成了一股不间断的人流。

"我们进去吧！"

我拉开玻璃门，抬头看见了"日本国际观光局"几个大字，慢慢地走进去，问了南满车开往奉天的时间，沟营车开往奉天的时间，两个车的时间大概相仿，都在早晨七点钟左右。

"我们一同坐南满车吧。我们就在这里买金票。"佟向我提议说。

我沉吟了半晌，为难地说："这事很难同意！本来我坐奉山车可以直接到家，坐南满车然后还要转到奉山车，在时间上、金钱上都不经济，何苦来，并且现在的情形……"

佟听了我的答复，并不做进一步的要求，当啷地从怀里掏出了五元大洋，从容地问着那两个办事的职员："金票合现洋多少钱？"

"今天是一元三角八。"一个职员说。

"昨天还是一元四角。"又一个职员说。

"太贵了！"佟正像对待普通商人那样争讲着，想用这种方法买到公平价格的金票。但是出乎他的意料，再不能把金票的价格压低了。

一个职员很难心地说："先生，可不能再少了！只有这里是公平的价钱，你要在别处省下一分，我便送你一元！"他的态度是那样的坚决。

"我是中国人，别看我在这里给日本人做事，但是我……先生——欺骗你，对不起我的良心。"

"哪里话，我们都是中国人。"

佟忽然露出笑容来，表示很抱歉，点着头，递过钱，从职员手中换回了金票，不胜感激，他觉得在"满洲国"的地方能够找到说心里话的人，已经是很不容易。

"那位先生不买吗?"

"不坐南满车了,那是日本车,还是坐奉山车。"我回答着。

那个职员笑了:"先生,奉山车也是归日本管,坐哪个车也都是给日本赚钱,在'满洲国'地方,已经没有属于中国的东西了。"

我们走出了门口,街上的人渐渐地稀少起来,从公园又回到那小客店里,佟倒在炕上,很快地睡着了,从鼻孔中发出大的吼声来,包裹放在头顶上,茶杯里的水已经凉透了。

"先生,回来了吗?"

那书生面孔的管账先生又走近我们的身旁,战栗着,仿佛有什么不幸的事情将要发生,但他说完便离去了,我这才稍稍放下心。

佟已经被惊醒了,在昏暗的灯光下,我们又检查了一次东西,我心中充满了厌恶的感情,深深感到这个世界是怎样的恐怖和可憎。

在灯下,我们愁苦地坐着,都想找出话来打破沉寂。佟开始幻想着他的前途,靠着墙,坐在短炕上,时时发出他那悲叹的声音。我实在不能支持了,眼皮总是向一起合拢,脑袋常常低垂下来。

"佟,我们睡觉不好吗?我们明天早晨还要早早起身呢!"

没有半个钟头的工夫,佟睡了,但是我却不知为什么睡意反而消失了,心仍是那样焦灼,在无边的黑暗中,忽而兴奋,忽而失望,幻想着我的前途和命运。

我终于回到故乡来了,但我的故乡却已沦陷为殖民地。这多令人痛苦。但人们的良心并没有泯灭,故乡的人民是会起而反抗的。我的命运是和故乡人民连在一起的。

我的心逐渐平定下来,在黑暗中,我终于睡去了。

早晨不知是什么时候,我醒过来了,问了柜房,才知道是六点一刻,我忙着起身,这时候佟也醒了。

"你走吗?"

"我得走了。现在是六点多钟了,你呢?"

佟听完我的话,好像思索什么似的,皱着眉头。

"那么，我们以后通信吧。"他告诉我他的通信处后又接着说，"我想不久也许回北平的，我们要打出一条生路来！"

我把我的通信处也告诉了他，互相握着手。我走了，他给我留下最后的印象是那带着深挚的同情的面孔。我们是同路人。

红日方升，暖和的阳光又重新照耀着这繁华的都市。人们匆匆地奔走着，晨光似乎驱散了这街上消沉的景象。

没有半个钟头，我便走到了码头。那深阔的河水正向着远方流去。一条大轮船停在那儿，我认出那轮船就是我和佟曾经一起生活，一起倚傍它的栏杆观赏过海景的那一艘船。但我们间四天的亲密关系已经割断了。

"站住！"

猛然间听到一声严厉的吼叫。一个宪兵大踏步地向我走来，手枪对准我的胸脯，他那双饿狼似的眼睛冷冷地盯着我，在我的身上搜索。他先命令我举手，于是我把手举起来，他又检查我包裹里的东西。他仔细地检查后，实在找不出什么可疑的地方，才不情愿地把我放走。我的心剧烈地跳动着，暗自骂道："该死的走狗！"

我走到轮船公司去打听，他们说还得等些时候。不知为什么我却那么性急，不等小火轮开到，预先雇了舢板，往河那边渡去。污浊的河水在我的身边奔流而去，我的灵魂仿佛也随着奔流的潮浪漂向一个奇异的境域，期待着解脱一切的压迫和痛苦。那座城市留给我的死灰色的观念也从我的心里飞跑了，然而等待我的又是什么呢？

一九三四年四月三日

潜伏的火焰

"警备工作"的消息传到乡下来，每个人都感到不安、焦灼与恐慌。每天晚上总是有人讨论着这个问题，带着一种诡异的神情，眼睛放射着惊讶而骇惧的光芒，背着两手，从土阶上踏着疲倦的脚步走过来。

"你听说这消息吗，王老大？"

有人用一种熟悉的声音喊王老大，王老大完全被恐吓住了。停止了迂缓的步伐，倚在镇子墙底下，脸色变得青白，眉头皱得紧紧的，两只枯瘦的手掌摇着锄头颤抖着。过些时候，他的情感终于从紧张中平静下来，苍老的面孔上恢复了镇静，浑身的感觉稍微灵活一些。他谛听着，那方才恐吓的声音又在他的意识中跳动了。

"警备工作……"

王老大断断续续地说着，声音很低，仿佛口吃一样，两片薄嘴唇无力地悸动着，用手摸着额角。这时候铲地归来的伙计们从土墙的左侧走过来，神情是鲁莽的，唱着小调，锄头碰着锄头铿铿地响。跟在后面的小马驹乞怜地呻吟着，拉巴架子从大车道上驶过来，灰尘飞起来。

"张小三，你明儿个不要铲地，修汽车路去。"

"修汽车路去？"一个小伙子怔头怔脑地从人群中跳出来。

"对呀！警备工作下乡，你不知道吗？这是村公所派下来的官差，非得赶紧把汽车路修完不可，五天期限。"

王老大听出吩咐张小三的是村长的语音，村长那使人听熟了的公鸭嗓，在沙沙的音调中显示出几分威严的神气。

"警备工作什么时候开始呢？"

王老大喃喃地问着，十分吃力地拐过了墙角，仰起了头，向着村长那里担心地望去。在苍茫的夜色中村长的身形已经模糊了。

"听说了吗，王大叔？"村长称呼他王大叔，"警备工作在五天以后。"

"也有日本人吗？"他不放心地问，把锄头放在地上。

"是，王大叔，有日本人。"

"区里怎样预备呢？"

"搭彩棚，杀猪，宰羊……"

"那么……"

王老大吃惊地叫着，他猜想到事情是如何的严重。这在他半生的经历中，还从来没有遇见过，所谓警备工作是怎样一种不可思议的事呢？显然是随着"满洲国"带来的灾难，"满洲国"第二年的春天便这样骚动起来了。还要工作什么呢？乡下已经演过了几次流血的惨剧，恐怖与混乱支配了整个的岁月，他亲眼看到人们的死亡一天一天地增加，小康之家已经逐渐地破产了。

王老大慢慢地把头抬起来，从咽喉中发出了呻吟的声音，那浮在他心头上的回忆便立刻消失了。他移动迂缓的脚步，放大疲涩的目光，向着四外观察着。这时候村长和众人都已离开，整个的一条大街静悄悄的，寂静得像一座坟墓一样，脚步声与咳嗽声也都沉寂了。偶尔，从那远远的深巷中传来了低弱的犬吠声，他停下脚步倾听着，听到那声音透过了一片树荫便消沉了。仿佛有什么动静勾起他的情感，他沉默了一会儿，垂着铅块似的头颅和摇着枯干的手臂，心里充满了过分的忧郁与怅惘。

他转过了墙角，回过头来望着那片树荫，越发森然而可怕，好似被一张黑网笼罩着，镇子墙遥遥地耸立着，它的边界已经分辨不清了。

"警备工作……"

他喃喃地念着，阴沉着脸色，浑身的筋肉尽在战栗，揉着眼睛，望着前面一条茫茫的车路走下去。路早被车轮轧得凸凹不平，土块与瓦片抛到车辙沟里。他摇着肩，迈着凌乱的脚步。

王老大的住宅在村子的东头，大门的前边迎着深深的柳林，另外的两面被水泡子环绕着。房子是建筑在土岗上，岗上有一层一层的石阶，那是没有经过人工修理的。白天他站在石阶上眺望着全村的景致，晚间迎着月亮走回家来，肩头上扛着锄头，可是今天他的心情却和往日不同，他的心已经变成另一颗心了。

"日本人……警备……"

他喃喃地念着，驼着腰一直走过角门去，担心地用手摸着穿连柱子。这时候他听到穿连柱子上的铁圈被锄头击打得铮铮地响，声调是悠长的，而且带着一种凄然的意味，余音许久仍旧在他的耳边波动着。他想起那声音是怎样含着深刻的意味。他摸着那黑的铁圈微微地叹息着，低着头，集中全副精神凝视着，很久很久的时间不能离开那里，甚至他不想离开那里了。

他又想起村长的话来了："日本人……警备工作……"他不能再想下去了。两只手微微地颤抖着，嗓子已经被什么硬的东西塞住了。他说不出来，他也不希望表示什么，他晓得即使表白什么也没有用处。他已经是个没有希望的人了，他的儿子在半年之前已经死掉了。是的，他的儿子，一个禀赋聪明倔强的小子，高个子，声调洪亮，富于反抗的精神。在夜间，他常听见那有力的脚步声踏进房门，接着那铁圈铮铮地响着。似乎他故意在击打它，有一派神秘的情调远远地传来。他喜欢那声音，他喜欢小伙子的粗鲁与勇敢。自从儿子当义勇军去，那铁圈永远没有响过，后来他的儿子被日本兵杀掉，那铁圈从此便悄然无声了。王老大停在穿连柱子的前面，沉默地低着头，向着圆圆的铁圈上凝视着，思虑着。他带着一种热爱的心情摸抚着它，终于发现了点点的斑迹，仿佛经过风雨的侵蚀长了红锈，时间消磨着它的生命，失掉了往日可爱的光辉。靠着铁圈的柱角点缀着绿色的苔痕，土墙的暗影像一张破网……王老大第二次离开那里，毅然地跨大了脚步，把胸脯挺得直直的。可是在他的心里毕竟感到少了什么东西，那是一种不可言喻的悲哀。

他独自在院子里徘徊着，绕了一圈又一圈，走遍了每一个角落、秫秸障子和那仓子前面搭成的屏障。脚步踏过去吱咯吱咯地响着，脸上掠过了一阵虚惊，神经立刻紧张起来，仿佛感到了什么诡异一样，他退到石阶上望着远方乌黑的柳林、渺茫的水和云彩下的月亮光。月亮光爬到邻居的烟囱上，爬到稗草的房檐上。碾道的房脊高高突出来，仿佛有什么东西影绰绰地在那里飞着，飞向穿连柱子的地方去了。

当王老大摸进屋里的时候已经是深夜了。屋里阴森森的充满了寒气，窗棂上反映着惨白的闪光，他悄悄地把锄头挂在木梁上，用手摸着炕上的芦席花纹，拉过了棉被。这时候，他感到疲倦了，他真的疲倦了，身子是软软的，打着哈欠，眼皮枯涩地合拢着。但是他好久好久的时间不能入睡，不知有什么东西总是在他的脑子里作祟。每当他闭上眼睛的时候，那圆圆的铁圈便立刻浮现了，那村长的恐惧声调刺激他的耳膜，他不会忘掉那村长的声音是含着怎样严重的意义。那生了锈的铁圈永远保持它的寂静。

忽然他又想起"警备工作"来了。所谓"警备工作"究竟是怎么一回事，他真的不能了解。在他的观念中，只能想象到日本人的罪恶与凶残。他的儿子不是在残暴的屠杀下死去的吗？那是怎么一种悲惨的事呢？因为儿子的死使他永远过着寂寞的生活，这寂寞的生活是怎样使他感到可怕呀！他实在感到可怕！

早晨起来，王老大已经把昨夜的事忘掉了，忘得干干净净。他扛着锄头走到园子去，跨过一条曲折的路径，一直走到小栏的拐角，把锄头担在葫芦架上，蹲下身子，用他那枯瘦的手指去打倭瓜尖，打茄叶，压蔓，拔去黄瓜秧旁边的小草、猪牙草和星星草一类的东西，那正像每家主妇所做的活计一样。不过这种工作并不能长久的，也许不到半个钟头他便停止了，然后再拿起锄头去铲豆角秧、苞米和菜瓜秧，倘若起身晚一点，他便不在小栏里逗留，而直接走向大地去。地是自己的地，他明白地的性质、地的片量和它那别人所不能懂得的特征，种子是他自己撒下的，长起了小苗，便又经他自己的手来铲了。

春天的地里总有许多的农民在劳动着，有打头的，有随帮的和同工，有半拉子，前后相望总是一团一团的黑影顺着垄沟蠕动着，他们不搭话，除非是歇头气的时候才能认出对方的面孔，用一种习惯的声音吆喝着，打着暗号，于是人们都聚在一起了。

"王老大！"

喊王老大的是张小三，他怔忡忡地伸出一只拳头来。

"说真格的，王老大，你的庄稼好哇！"

王老大不说什么，把锄杠压在屁股底下，打着火镰，吸起旱烟来，他仰脸听着别人谈话。

"你老多大岁数呢？"

"五十六岁，七八五十六岁。"

也有人问他别的事情，也有人要求他叙说过去的历史。可是没有一个人提到他儿子。大家心里都明白，甚至连日本人和义勇军的字样都忌讳不敢说。

他后来的生活很少发生变化，一个人孤独地生活着，从严冬一直继续到春天，到了春天便又是一番新的气象开始了。在时间的变迁中，自然界也随着变迁，大风和雪花的呼啸与飘舞，太阳光和月亮光的交替，太阳光融化了积雪，房前的空地上长出了青草。他走到青草地上深深地呼吸着，仰起了头，向着太阳微笑着，合上两掌，像祈祷一样长时间地缄默着。

春天是怎么一种快活的季候呢？他有说不出的一种感觉，不可想象的神奇与奥秘。仿佛被什么启示一样，即使在夜间他也会感觉到是春天了。春天虽然来了，可是在他的心里总是有着那弥补不了的缺欠。他明白那创痕是在什么地方，他感受到隐痛，却不愿意说出来。

堡子里的人又讲起日本兵来了，大炮有多粗，机关枪是怎样厉害，日本兵戴的铁帽子是如何放着光。好像说："满洲国"的警备工作不久就要到乡下来了。还有人述说着区上是怎样筹备欢迎，修汽车路是为了什么。还有些人是妄自猜想着，他们猜想到日本人下乡也许是专为调查什么事。有些当过义勇军的小伙子已经逃到外乡去了。堡子里是一天一天地讲得厉害起来。

一天，王老大从地里回来，望着一大堆人聚拢着，便好奇地挤上去，把锄头放在土墙边。这时候有人在土墙的旁边喊起来：

"警备工作一定要捐老百姓的钱。"

"不！"

"官钱已经够要命了！"

"那么你说呢，张小三？"

"我说是来调查义勇军。"

"是调查义勇军。"又一个声音。

王老大始终沉默着。他仔细听着众人纷纷的议论。一听说要调查义勇军，他的面孔立刻变得煞白起来，眼睛隐现着阴郁的暗光，两只手掌轻轻地抖摆着，好久的时间没有说出一句话。

他不知在什么时候才安静下来，两只手是冰凉的，眼前有许多花纹飞舞着。这时候有一个小伙子大踏步从锄头底下走过来，两手叉着腰，摇着阔肩，眼睛炯炯地放着火光，表情显得激昂，他认得那人便是张小三。

"日本人下乡来打红枪会。"张小三说，"让大团打前敌。"

"让大团打前敌！"

"那么红袖头队呢？"

"是呀！听说红袖头队和义勇军有来往，日本人'急眼'了，警备工作下乡就是为这事。"

究竟警备工作是怎么回事，王老大始终没有弄得清楚，听来依旧有些神秘。但是，他非常关心，每天在街上碰着人他总是好奇地问着："你听说警备工作吗？"或者是："你听说警备工作什么时候下来？"倘若他听不清楚对方的话，一定问第二遍，第三遍，直等到听明白为止。哪怕你胡诌几句他也不会责备你。他还不时地去问村长，问从小集市归来的人。可是警备工作的时间一天一天地迫近了，他的心也一天比一天剧烈地跳荡起来，两只眼睛放着忧郁的暗光，他失神一般地在院子里徘徊着。他的心仿佛被火燃烧着一样，焦灼，激愤，整夜不能安睡。

几天之后，王老大听说修汽车路的小伙子回来了，村立小学校又是怎样忙着扎五色旗，集市上贴着什么欢迎的标语，他还听说小学生怎样练习唱"满洲国"国歌。他不知许许多多学生为什么都要唱着"满洲国"国歌，难道这里已经不是中国的国土了吗？无怪日本人要到乡下来整什么"警备工作"。可是堡子里家家都闹着饥荒，寒馑，流亡，在苛税的压迫下过着奴隶般的生活，有些当义勇军的小伙子已经死掉了。

当警备工作到乡下来的一天，王老大便预先跑到小集市上去等候，因为小集市是从县城到区里的一条必经之路。街上是已经修好了的汽车路，两旁是挖成流水的浅沟，路面用石头碾子压得平平的，土是新黄色，那正对着商店门口的布幌子互相照耀着，有几张花花绿绿的标语贴在砖墙上，这气象明显有了变化。

小集市上仍是脱不掉乡村的气息，街道两旁有布庄，有油房和栈房，货店，煎饼铺，小饭馆，挂着膏药牌子的药铺，以及那不常开张的理发处。王老大晓得这小集市的地理和历史，每逢到了节下他总是走到这里来买东西，背着钱褡子，走尽了一条街又一条街，走进了一扇玻璃门又一扇玻璃门，他站在拦柜底下去问每一种货物的价钱，可是今天的情形就不同了。

他明白，今天到小集市并不是来买什么东西，他也不走进任何一家铺店里去和小徒弟打招呼。只是一个人默默地走着，迟缓地移动脚步消磨时刻，每一秒钟都使他感到焦灼。他背着两手，离开了市街，走到小集市的尽头。在村落外有一面土岗，站在上面可以望见远处的树林，庄田，灰色的云，通向各村庄那许许多多的路线，交错而凌乱。他凝视着，他想象着，直等到眼睛有些昏花才走下了土岗。

"究竟日本人什么时候来呢？"

他搓着手感叹地疑问着，他整个的想象力几乎都集中在这个问题上。他今天一定要看一看，他必须看一看，倘要为了别的事他绝不肯牺牲时间跑到这里来。而今天任何人都不能阻止他。究竟日本人有什么奇特呢？为什么日本人使他感到不安呢？

他深深地呼吸着，呼出了一口闷气，再走上了土岗，望一望远方的树林已经模糊了。庄田呈现一片暗绿的颜色，浮云更飞得远了。陡然他听到一派生动的声调震荡着，仿佛在铺店的左右一样。这时候他料想到日本人一定快要到来了，他越发感到不安起来，面颊涨得火红，浑身的血液都沸腾起来。由于心里过度的惊惶，两只眼睛直直地注视着什么。在半意识中他仿佛望见日本人走来了，提着大刀，大刀在飞舞，义勇军的小伙子掉了脑袋。

王老大渐渐地清醒过来，他担心地沉思着，日本人能不能看出他的破绽？他是一个被杀的义勇军的父亲。他可以大胆地承认，他不会屈服于任何威胁，他觉得那正是他儿子的光荣，他自己的光荣。

他把拳头举起来激昂地叫着，他的情感已经达到了沸腾的顶点，他忽然感到他的年纪已经老了，虽然他有报仇的雄心，然而他的气力已经衰弱了，甚至拿一把大刀也会吃力的，他觉得一切的愿望在他的身上似乎变成了空虚，他不敢有什么念头。他只是想看一看日本人，是哪个日本人杀死他的儿子的！

他重新走到小集市的大街上，街上已经喧扰起来了，一些观众把一条大街围得密密的，有男人和女人，大人、小孩子，乡下来的人也不少。穿着蓝色制服的是村会成立的民团，背着步枪，队长吹着口笛，踏着整齐的脚步走着。靠着西边一带是一排一排的学生，穿着同一颜色的制服，手里举着五色"满洲国"国旗，几个教员在那里谈话、说笑。

"哈哈哈！"

王老大猛听得一阵笑声，发现几个地方官长从人群中挤过来，穿着长袍短褂，胸前佩着红花。那是一群素常在老百姓面前作威作福的家伙。此时王老大完全迷惑起来，心脏急剧地跳动着，脸上是一阵一阵地掠过了虚惊，两只手掌微微地抽动着，眼睛失神地望着混乱的人影。他已经不知道怎样处置他自己好了。

听得一阵轧轧的声音，警备工作的人员终于踏过来了，在人群纷乱中有一派生动的力量吼叫着，似乎在喝彩一样，紧接着军乐队便奏起来了，同时响起了口令声和爆竹声……

王老大吃力地从学生队伍中挤过来，学生是一次一次地把五色旗举起来，他的目力被炫耀得昏花了，他认不清究竟哪个是日本人。但见一批一批的军队从马路上拥过来。钢盔上放着亮光，步枪背在肩头上，那么整齐而且严肃。队伍向前流动着，跟在后面的一辆炮车也涌过来了，车轮轧轧地停在商铺的门口，这时候地方官长都拥上去，排成了一行，规规矩矩地向县长和日本参事官鞠躬。日本参事官抿着人丹式的胡须，骑在高高的洋马上发出一阵狂笑。

人群似潮水一般的骚动着，仿佛有什么声音在欢呼着。

"什么呀！"

王老大失望地叫着，两眼冒着火光，他的神经混乱起来，他的眼睛已经看花了，手在颤动着，一切的感觉都失掉了常态。但见得一团一团的黑影逼近了他的眼前，可是日本人终于从他的眼帘中闪过去了，尤其是那骑在高高洋马上的参事官，那骄傲的狂笑显然是对全体人群的轻视与侮辱。

"满洲万岁！"

王老大听见这喊叫感到异样的惊讶，他喃喃地咒诅着，移动脚步向西北方走下去。这时候他看见小学生的队伍已经展开了，五色旗招展着，教员领着学生喊：

"满洲万岁！"

"满洲万岁！"

五色旗再摇一次，呐喊声已经停止了。旗色好像是万道金线凌乱地反射着，刺激他的眼睛，使他完全迷惑起来。他停在那里不说一句话，他讨厌那声音，为什么要喊"满洲万岁"呢？在这个广大的人群中为什么没有人喊"义勇军万岁"呢？难道人心都死掉了吗？可是他的心仍旧在跳动着，急促而且紧张，遍身的筋骨都被火一样的东西燃烧着。他应该要求什么呢？但是他的嗓子已经哑了，什么也喊不出来。

王老大自从小集市归来那天，便有了病。整天地咳嗽着，神经也衰弱起来，常常会把他所最关心的事情忘掉，夜里吃语着。有时候他也觉察出自己的种种病态，但他不想使他的身体重新恢复健康。他晓得他的生命已经没有希望了！这个世界已经没有希望了！他不会对这个世界怀着什么念头和奢望。再也不像往年那样，常常为着一种期求使他的生命鼓舞起来，那时，他没有想到自己的年岁是怎样的衰老，他可以奋勉地拿起锄头、铡刀。可是现在一切全完了，一切的希望全都离开了他。

他很少到外边去，更不会到大街上去探听什么消息，就是大街上喧扰起来，他也依然是静静地躺着。他躺在漆黑的屋里幻想自己的前途，用胳膊支撑着沉昏的脑袋，消瘦的面孔对着森森的墙壁，用他的手指在墙壁上徐徐地摸索着。他向着屋子里每一样东西望着，似乎每一样东西都使他无限依恋，他爱惜这些东西正像爱惜他自己的生命一样，他对于每一样东西都发生一种解脱不开的情感，他还能想起使用过这些东西的人和东西演变的过程。

一天，王老大勉强地走到园子里，那是非常吃力的，他走过小栏的拐角就呼呼地气喘着，浑身的筋肉都在微微地颤动，他知道他已经没有力量走得更远些，于是就在拐角那里蹲下，仰起了头，向着整个的木栏里眺望着。有黄瓜秧和菜秧，豆角、茼蒿菜，所有的青棵都是经过他的手栽种的，他曾经用锄头铲去青菜边的短草，除去害虫，有时候他还要去浇水。那正像一个母亲对于她的孩子所具有的爱护的心情！他觉得爱一件东西是最值得骄傲的事，那是他最大的快活与幸福。

他站起来，又试探地向前迈步，当他走到葫芦架的近前就吃惊地停下了，用手拨开密层层的叶子，藤丝绕在木架上，透过中间的隙缝已经望到那白色的花了，它是怎样一种快活的象征呢？他用鼻子嗅着，他发现自然界的进展是如何的迅速。

一种力量鼓舞他继续向前走去，当他踱到大街上，照旧听到了一些新奇的消息。但是，王老大已经不愿意听下去了，他曾经亲眼看见过日本人，他不敢相信别人的谣传，自始至终没有被别人的言论煽动。他曲着身子，躺在一个角落里，上面有阳光照射他的头，他闭上眼睛享受着阳光的温暖。这时候有人激动地喊起来，声调是尖锐的。

"是花两千多元。"

"真的吗，张小三?"

"我骗你是王八蛋，花两千多元怎么不对呢？区上招待日本人了，算是阔绰了一回。"

"怎样阔绰呢?"

"没听村长说吗？杀猪、宰羊、搭彩棚、放鞭炮……"

这些为什么又引起王老大的好奇心呢？连他自己也不甚清楚，他本能地走进人群中，挺着身子站在高高的地势上。突然人们已经把谈话的声音停止了，仿佛故意避开王老大一样，他不会明白什么。于是他懊丧地从那高高的地势上走下来，背着两手，突然有人在低低地叨念着：

"简直是比接皇上都厉害。"

“两千多元……”

“是两千多元吗?”

“张小三! 张小三!”声调急促。

“是呀……”

王老大又靠近了一步谛听着,可是那谈话声低弱下去了,有人在他的脸上奇异地看着什么,从人群里发出低低的声音。

“义勇军……”

这一次他已经听清楚了,那声音是非常有力地在刺激他,但是他并不感到恐惧或者畏缩,他把身子挺得更直,似乎故意地让别人望见他站在这里,两只枯涩的眼睛闪闪地放着亮光,火一样的刺激力立刻燃遍了他的周身。他已经变得勇敢起来了,当他听见“义勇军”三个字的时候,是怎样使他高兴呢!那正是他无上的光荣,他的骄傲。这骄傲可以弥补一切的缺陷,可以使他发狂与鼓舞,除此之外他还需要什么呢?

自从这天起,他仿佛得到了安慰,他不再想到日本人了,他也不想到那被日本人杀死的儿子了,他的生活渐渐地安静下来,守着时刻去从事各种劳动:煮饭、铲地、脱坯和做一些琐碎的事,跑到院子里,跑到大地里,晚上照例是迎着月亮光走回家来。这时候,他依旧看见了茫茫的河流,乌黑的柳林,房脊、烟囱、穿连柱子以及圆圆的铁圈。

一天,村长来到他的家里,正好他在屋中熟睡,当他惊醒过来立刻惊骇住了,缩着脖颈,望着村长的脸色有些奇怪起来,拉开了身上的棉被,很自然地坐了起来。

“你在什么时候来的呢?”

他喃喃地说着,紧皱眉头,摸一摸消瘦的脸皮叹息着,又自言自语:“人老了!”

村长微微地点着头,移动脚步走向条桌的近前,和他中间的相隔只是短短的距离,两个人的眼睛可以对视着,可以清楚地发现对方细微的动作与表情。突然村长把他的视线射向另一个方向，脸色变得异样的严肃，随着每一次的呼吸，皮肤上的脉线搏跳起来。

"王大叔，"村长担心地说，"又拨了官钱。"

村长并不拿出账来给他看，一笔一笔用手形容着。

"这一次官钱，招待日本人花了两千多元，杀了两口猪，一头牛……"

"那，那钱……"

王老大的声调立刻颤抖了，他的脸色变得灰白，长时间望着村长的面孔。

"是区上……花的吗?"

"是。"村长点了点头。

"警备……工作……"

"是警备工作，欢迎日本人，日本人是来调查义勇军的。"

村长的声音有些响亮，他带着一种自得的态度叙述区上欢迎日本人的经过，他形容日本人是怎样骄傲与阔气……差不多快要吐出津沫了，于是他才结束话头。

"王大叔，你掏这官钱，是欢迎日本人花的，每家地户都有。"

王老大微微地颤抖着，浑身的筋肉都在无名地战栗起来，脸色灰白，眼前一片昏黑。他感到非常窒息，他愤愤地叫道："官钱……警备工作……"

王老大狠狠咬着嘴唇，对村长冷冷地仇视着。这时他想起了义勇军，一种希望燃烧起来，这是扑不灭的潜伏的火焰。

一九三五年六月二十二日

老人的死亡

　　李云老人死了。从早晨人们便发现，在村后土岗上，从烟囱里竖起一条扁担，被雨水浸渍成乌黑色的房草几乎和烟囱接连起来。这正是乡间遗留下来的一种风俗，这是死了人的标志。

　　土岗的历史是无人晓得的，不知从什么时候起便被沙土积起一面脊骨式的土包，对于这土岗曾经有过许多神奇的传说。有人说，本村一个富户从土岗里挖出许多财宝；也有人说，夜间常有妖鬼出现。自从老人搬到这里来以后，种种的谣言便减少了。虽然老人在这里住了很长的时间，但并没有发现什么财宝，也没有出现妖鬼。老人只是在这里静悄悄地活着，他不喜欢和别人交往；有一个儿子在两年之前已经投奔义勇军去了，而且到现在不知道下落，几乎被人们忘记了。人们只是看见老人在太阳出来时候便走出屋子，用他自己的手去种马铃薯、香菜和豆角，还有新糜谷。老人用新糜谷粒去喂小鸡，人们见到一只小鸡围着老人啄粮食，它是黄色的，在它的羽毛中夹杂着黑的斑点，非常驯服，似乎它的性格已经被老人温柔的灵魂所感化了，鸡蛋变成老人一部分的财产，但是老人不舍得卖出去。有时候老人离开了小鸡，扛着扁担走到草原上去打柴火，唱着民歌，两片嘴唇上挂着神秘的微笑，可是现在那扁担却插在烟囱上了。

　　土岗的四周长着翠绿的树林，那是河柳，中间还掺杂着几棵圆叶的杨树，芦苇叶子刚从地里钻出来，初夏的雨水积在浅草坑里，向阳的土坡上已经开遍了灿烂的花朵，有几只蝴蝶在低低地飞着。在往日，这儿显得非常寂静，甚至会使人回想到那恐怖的夜色。可是在今天，完全为着老人的不幸纷乱起来了。

成大叔迈着迟缓的步子走上土岗，他的面孔被一种阴郁的色彩所笼罩着，眉头皱得紧紧的，好像感受到死亡恐怖的威胁，他的内心被一种有力的刺激冲击着。他的手里拿着一刀烧纸，烧纸是那样薄而且脆，有几片已经飞到房角上去了，那正是老人临终的房子，人们仿佛感到什么不快活的预兆一样，用一种懊丧的声调打招呼。

"成大叔！"

成大叔慢慢地走过来，显得非常吃力，捏紧了手中的烧纸，轻轻地咳嗽起来，脸色变得苍白，他仰起头来想要说些什么，但是他的嗓子已经沙哑了，他说不出一个字来。他眼睛发呆，望着插在烟囱里的扁担，那扁担在阳光的照射下闪烁着淡黄色的光芒，中间有一片显得很光滑，那正是被死人的肩头摩擦过的，经过漫长的岁月，留下了烙印，痛苦的回忆刻在每个人的心中。

在房子的外边有几个庄稼人在讲述着老人的生平。他的一生都在穷苦中度过，忍受了一切的痛苦与孤独，他从未和别人争吵过，也没有过高大的奢望，生活非常俭省，手脚非常殷勤，一年四季他从没有休息过，那正是一般农民所具有的特点。

"李云老人真是一个好人哪！"有一个小伙子非常惋惜地叫着，他的两只腿已经跳起来了，那是代表他一种怜惜的表情。他搓着两手，突然把他的脸转向成大叔那边去："成大叔，像你老这么大的年纪总会知道李云老人的脾气，一个好人，冬天还在雪里打茬子，谁想今天早晨就死了。"

"今天早晨就死了！"成大叔非常不安地重复着。

"是今天早晨死的，没人报庙，也没人打锣，穷得连纸材活都没有扎，也没有人烧纸，儿子又在外头。"

"真死得可怜。"

成大叔非常悲伤地叫着，咳嗽着，几乎颤抖起来了，有一种可怕的感觉直通过他的心灵，使他陷于一种迷惘的状态中，两条视线直直地射到地上，无意识地摇晃起手中的烧纸。这时候李许也走过来了，他是死去老人的一个族弟，没有穿孝衫，仅仅在腰里扎着一条白带子，他的表情颓唐而且伤感，两颊瘦削得非常可怜，眼睛眯眯得几乎快要合拢了，有几次他用一种惊奇的目光望着成大叔。

"成大叔，怎好呢？我的大哥今天早晨死了，儿子又没在家。"

成大叔茫然地又把烧纸摇晃一遍。

"成大叔，这是接你头一份烧纸，我大哥真是穷鬼。"

成大叔终于把脸转过去，他带着一种难过的心情懒懒地走开，绕着房子的四周徘徊着，他观察着房子是怎样的狭小而且破落，渍黑的房草已经被野风摇得零落了，房脊上的谷草绳子已经脱掉下来，撑着窗户的一根桩子生长了片片的苔痕，四周没有秫秸障子，也没有矮墙。在房子的右角堆积着能够使用两个月的干柴，那是老人亲手打来的，还有一条水蒿绳子晒在烟囱桥上，在烟囱桥下便有一条蜿蜒的抄道一直可以走到野地。在抄道的两旁长着各种青秧子，有的已经开了花朵，在里面有一只小鸡孤单地叫着，声调是那么凄凉。一会儿，吊丧的人又来了几个，每个人都带着一种悲伤的神情。人们不停地讲述着老人生前的故事，似乎每个人都受了感动。李许带着一副痛苦的面孔站在房檐下啜泣着。也有几个人掉了同情的眼泪。老人的命运是那样不幸，苦恼与穷困一直纠缠着他，如今他终于悄悄地死掉了。

傍午时分，人们已经走到屋子里去了，那是用许多的树干支起来的一间低矮的房子，狭窄而且黑暗，只有向阳一面露出一个圆圆的小洞，用木格子扎成窗户，屋地的面积显得异常狭小。朝东的一面搭着一铺土炕，老人躺在那里，身上盖着一床陈旧而且破碎的棉被，棉花露在外边。他的面孔显得那样和善，瘦削得怕人，骨骼透出脸皮。头发蓬乱着，右眼闭得很紧，左眼稍微开一点缝，从那缝隙中人们可以看出那凝聚过希望的眸子，他的脸上带有仿佛沉思一样的表情，似乎在说，他还有自己的儿子，在临死以前，没有见上一面，不能偿还他的心愿，真是一种遗憾。

午间的阳光是非常和暖的，阳光从那圆圆的窗洞里射到屋里来，老人的死灰色面孔越发显得温存、朴素，放射着慈祥的闪光。

来吊孝的人们脸色苍白，发出了微弱的叹息声，屋子里陷入沉默的状态，人们窒息得说不出一句话来，带着那诧异的眼光互相观望着，每个人的心里都有一种难堪的压迫、恐怖与不安。

成大叔把烧纸在死人的头前焚化了，没有金银箔，也没有往生钱，成大叔用一根秫秸棍子在烧纸上不停地挑打着，两只手抽搐起来，脸色越发显得难看了。本村的村长大声地嚷着，谈论死者的安葬和他的财产分配。他的财产是非常简单的，只是这矮矮的房子和房子里头一些日常使用的家具，几乎没有人和村长争论。

没一会儿工夫，李许也从外边走进来，两片瘦削的面颊闪烁着阴郁的暗光，眼睛是红肿的，仿佛刚刚哭过，扎在腰间的白带子一直垂到腿上。他拖着两只破鞋，移动着缓慢的脚步。他的眼睛只管向着死人灰白的脸上凝视着，凝视了几分钟之久，终于伤感地摇起头来了。

"诸位，我们要料理后事。"

村长站在人群中，用力地说着，用他的两只手做一种手势，这时候他的眼睛也望到死人的脸上了。

"老人是死得可怜，不过他没有留下财产，连这土岗子都是村会的，殡葬是很困难的。"

"没有财产也要想法殡葬。"成大叔大声地争论着，浑身的筋肉都在颤抖，他带着一种敌意望了村长一眼，"老人是不会赚下财产的，他给别人抗过年造，也做过零工，挣了钱便花掉了，他还常常搭救叫花子，我是亲眼看见的。他给我们堡子出过力，比方说，打更，看青，看场院，他从来没有向堡子要过报酬，他也不埋怨。这是一个好人，我们堡子里的乡亲不能辜负他。"

别的人也跟着说起来，回忆着老人为穷乡亲做过的许多好事，老人过去有一段勤劳的历史，谁也不会忘记。

村长用狡狯的目光向着众人望了望，说道："本村自从'满洲国'成立以来，村会弄得非常的穷。不！我们村会不能安葬！按理说，一个人死了，总是由他的儿子殡葬的，可是现在老人的儿子没有在家，这责任要轮到他族中，这是李许的责任。"

"责任……"

李许非常颓唐地喃喃着，他对于村长所说的话还没有完全了解，痴迷的，麻醉的，仿佛失掉了知觉，他的表情显得过度的焦灼与懊丧，摇着两只枯干的手臂叹息着。过些时候他终于走到死人的面前，用他那可怜的眼光向着死人的脸上注视着，死人的过去的生活情景都在他的脑海中涌现了。

"我说，李许！"

成大叔非常担心地拍着李许的肩头。

"你大哥死的时候，有什么话嘱咐你呢？"

"没有！"李许在半意识状态中回答着。

"那么他死的时候你没有在他的眼前吗？"

"是……的。"李许沉默了一会儿又继续说，"不过前几天就病得很沉重。叨念他的儿子……"

李许的声调有些颤动。他的嘴唇颤抖起来，提高嗓子发出那几个疲涩的声音，这时他的呼吸又被堵塞了，他的脸色越发显得苍白而且难看，似乎失掉了血色一般，他用一只手苦恼地向着成大叔打招呼："成大叔，怎么办呢？他的儿子没有在家。"

"那么知道他儿子在哪里吗？可以去信。"

"去信……"李许终于又迟疑起来了，"小伙子干义勇军已经两年了，离家后只有一封信，那是去年捎来的。"

人们难堪地沉默着，忽然有一种难闻的气息冲入人们的鼻孔中，那是从一块潮湿的地面上发出来的。角落里的光线显得十分暗淡，有几只破瓷碗在房角的阴影里呈现土灰色。一种孤单的声调从那里发出来，那样低弱而可怜，一个小动物咕咕叫几声，就扑着翅膀飞到外面去了。

这时候人们才看出那啼叫的小动物是一只鸡，那是老人心爱的一只鸡。

"老人爱他的鸡，就像爱他的儿子一样。"

成大叔用他抖动的手向着外边比画着，眼泪已经流出来了。

"你说什么？"村长带着一种威严的声音吼叫着，从黑暗里挤过去，他带着一种询问的眼光望着成大叔。

"你说他的儿子吗？"

成大叔苦着脸点了点头。

"你别再说他的儿子，他的儿子是一个罪人，一个罪大恶极的人，你知道，在'满洲国'是不能容纳义勇军的，这关系到'满洲国'的地方治安。前些日子不是又清查户口吗？政治工作第三次下乡，你知道，这关系是非常重大的。"

"难道老人爱他的儿子是不应该的吗？难道老人不该爱他的儿子？"成大叔一阵热狂地喊起来，他的眼泪已经流出来了，做着一种手势给村长看，"什么是罪人呢？简直是胡说八道，难道替日本人欺压老百姓的就不是罪人吗？老人是一个好人，儿子也是一个好人，他是为了我们大家，为了他的父亲。"

"为了他的父亲。"村长讥讽地说着。

"不含糊，就是为了他的父亲和我们一群受苦人，你知道，老人是穷死的，被'满洲国'压迫死的，不但这一个老人穷死，我们将来都要穷死，被压迫死，我们出不来气，是谁向我们的敌人反抗呢？那就是死人的儿子，一个当义勇军的小伙子，那种行动是光明的，荣耀的，这正是受了他父亲人格的熏染。"

成大叔的激昂言辞使屋子里每个人掉了眼泪，于是他迈开胜利的脚步向着死人的面前走去，他的有力的目光注视着老人温存的仪容，他用他的手在死人的面孔上摸索着。他的头向着死人的脸上低下去，差不多就要贴在一起了，才慢慢抬起来，他粗粗地呼出一口闷气，他的眼泪终于又落下来了，似乎这是他向死者表示尊敬与虔诚、向死者致敬的唯一方式。

"揭开吧!"

李许也从后面走过来了，停止了步伐，发出那低低的声音，不胜痛苦地向着每个人望了望，痴迷一回，但终于把盖在死人身上的棉被揭下去了。老人的身形立刻呈现在人们的眼前，身体是佝偻着，好像一只可怜的野兽躺在田地里，老人比野兽多余的只是身上的几件衣服，浑身衣服全是用浅蓝色的家机布做的，补丁打补丁，也许是因为老人畏惧寒冷的缘故，衣裳是那样瘦小，仿佛经过一段很长的时间没有缝洗了，衣裳的底襟已经绽了线，扣盘都开了。

"成大叔，你看老人的手里拿的什么呢?"

不知谁发出那惊异的声音，人们立刻注意到老人手里拿着什么东西，似乎像纸片一类的物件，上边印着淡红色的边框，但是老人握把得非常结实，好像不甘心给别人拿掉。李许挤到前面去，他先用手在死人的胳膊上摸索着，接触到他的皮骨是那样冰凉，一点温暖的气息也没有，血液也凝聚了。难道这就是一个人死亡的样子吗? 他感到一种惊异的震动，他发现人类的死亡是怎样的恐怖，不过他的意识还是清醒的，他知道自己要干什么，他镇静着，伸出手去，这时候他已经把死人手中的纸片拿下来了。

"信!

"什么信呢?"

屋子里所有的人都感到惊奇了，人们共同把视线集中到李许的脸上。他凝视着拿在手中的那封信，两只手哆哆嗦嗦把信皮打开，取出了信纸。不错，那是一封信，是他儿子给老人捎来的信，他想在众人面前把那封信读下去，可是他的心绪怎么也不能安宁，那信上有什么事情呢? 信上写着他儿子的愿望吗? 也有老人的愿望吗? 老人已经整整两年没有看到他的儿子了，两年中那是仅有的一封信，不怪老人如生命一般地珍惜它，直到他临死的时候还在手里紧握着。

李许压制着自己的情感，尽力不让另一个观念浮上心头，他屏下气息，脸色变得惨白，他的两只手又开始抖起来了。虽然那张信纸在他的眼前摇晃着，但是那上面的字迹却显得模模糊糊，他的眼睛已经昏花了。他非常难过，甚至要哭出来。对于死者什么是能够安慰他的东西？他所希望的又是什么？这个人是带着痛苦死去的，他没有从这人间得到什么幸福，两年来倘要说老人有什么幸福，那便是这唯一的信了。

　　"给我念吧！"成大叔非常渴望地说着。

　　众人也一起叫喊起来："给成大叔念吧！"在这嘈杂的声音里也夹杂着村长的威严的声调，不过这次他的声调并没有引起大家的注意，大家的视线都集中到成大叔的身上，好像只有这个仁慈的老人，能够代表死者的儿子述说他的心愿。

　　"怎么回事呀！"

　　人们又是一阵混乱的叫喊，都迫切地希望听到信里究竟写了些什么，可是成大叔接过信，却没有念出一个字来，他极力地在那张信纸上观望着，他分析着每句话的意义，他的表情显得异常痛苦，他的心不安地跳动着。他踌躇了一阵子，才用枯涩的声调，开始念起那封信："父亲大人！儿自从投入义勇军后，整天在枪林弹雨中生活着……"

　　成大叔的两只手又颤抖起来，脸色也变得惨白，他无力再继续读下去，好像那下面有什么不幸的事情就要发生，这时候他把信纸越发捏得紧了，几乎要弄得破碎的样子，但是他并没有把它抛开。他走近了两步，把信纸轻轻地在死人的脸上拂扫着，似乎让死人明了信上的意义一样。但是死人已经把他的眼睛闭上了，他再不会看到他儿子写给他的信了，他对于他的儿子是怎样的切望和关心呢？在他临终的时候还是紧紧地握着那封信，那个做儿子的用什么话才能安慰老人呢？

　　"成大叔，再念下去。"众人一致要求说。

　　成大叔拿起信念着中间的一段："父亲，你是一个可怜的老人，但是在'满洲国'有多少同你一样可怜的老人呢？有一些是因为日本移民而被赶出去，还有一些是在战火下牺牲了，这是我亲眼看见的。我自己尝到了痛苦，别人也一样尝到了痛苦。父亲，那痛苦的生活正是你所遭受的，你是怎样在穷苦里挣扎着，呻吟着。父亲，我真不忍心写下去了，我不忍看你又饥又寒地生活下去，我更不忍看别的老人同你一样地生活着，他们都是可怜的人，他们都是我的父亲……"

成大叔又读不下去了，屋子里的空气变得更加严肃，有一种沉重的力量在人们的心头上压迫着，几乎连呼吸都要堵塞了，人们的视线都离不开那张信纸，似乎那信有着一种神秘的吸引的力量。当那老人还没有死去的时候，他曾有过怎样的表示呢？他曾被他儿子的信所感动吗？他觉得他儿子的行动是正当的吗？老人临死之前抱着这样的理想吗？老人的爱不是自私的，他自己宁可忍受着痛苦，让他的儿子去做有益于别人的事情。

"再念下去。"

李许焦急地叫着。成大叔在凝思着，他显然是回想起什么事情，也许是为着老人的伟大人格而深深感动。死去的老人的神情越发显得温存了，闪现着慈祥的光辉，他脸上的每一条皱纹都是用那可爱的颜色组成的，保持着一种冷静的美感。

"老人的儿子也是一个好人哪！"

成大叔向着村长说，并且摇动着手中的信，他的声音沉痛而有力。

"成大叔，信上还有什么话？"李许接连地追问说。

"他儿子还告诉他什么话呢？"

成大叔的脸色被一种灰色的反光笼罩着。他两只手把那封信高高地举起来，慢慢地读下去："……我们穷人没有享受幸福的权利，我们只有在痛苦中生活着。难道这就是我们的本分？……"

成大叔没有读完就把那片信纸抛开了，他的脸色是那样悲惨而难堪，他瞪大着眼睛痛苦地叫起来："我真不明白，这死去的老人一辈子都在痛苦中生活着，难道这就是他的本分吗？他没有享过一点福，他是多么冤枉呢！"

"这是财产问题，"村长不屑地笑起来，他带着一种骄傲的态度对成大叔说，"一个人没有钱财就得过穷苦的生活！"

　　听了村长的话，成大叔压制不住自己的愤怒，他声音颤抖地说："你别提什么财产了！日本兵占领了东北，抢去了多少财产？一个地主雇劳金，吸去多少庄稼人的血汗？这老人虽然没有积留下财产，可是他却给大家留下另一笔财产，他的儿子……"

　　第二天早晨，人们又集聚在土岗上了。老人的尸体已经被放进棺材里，停在那座小屋子的外边，底下垫着两条板凳，前头放着几刀烧纸，那是预备出殡时烧的，棺材是用最便宜的价格买来的，是那么薄而且狭小的杨木板棺材，中间还裂着一条一条的隙缝。现在，他已经悄悄地躺在棺材里了，他的一切痛苦已经随着死亡消失了。现在他不晓得别人会怎样对待他，更不会晓得他的死后是这般简单，没有念经，没有吹鼓手，也没有扎纸材活，几乎连哭他的亲人也没有。在人群中只有他一个远族的兄弟，扎着一条白带子，带着一张哭丧的脸，没魂似的走着。

　　"当当——当当当！"

　　铜锣带着一种恐怖的声音震动人的心灵，人们都明白老人将要被抬走了，几个扛杆子的小伙子已经走过来，站在棺材的旁边等候着。屋子里已经变得空虚了，房门紧紧地闭着，老人盖过的棉被搭在烟囱桥上，有两只破鞋抛在房山子的阴影里，那条扁担仍然在烟囱里插着，照在扁担上的阳光显得更加灰暗了，野风夹着沙砾打得啪啪地响，带着一种凄然的音调向着土岗漫散着，好似打击着人的心灵一样。

　　太阳光被乌云遮住了，天气变得越发晦暗。人们睁大了眼睛朝棺材凝视着，抬杆子的小伙子倚在房墙的角落里等待着，破碎的窗纸在野风一阵一阵的吹打下舞动着。这时候成大叔从棺材的前边走过来，对着棺材凝视了一会儿，又缓缓地走开了，他的脚步放得那样平稳，一点响声也没有。他的脸上被一片愁苦的皱纹所笼罩，低头沉思着；他看见马铃薯秧子长起来了，黄瓜秧也长起来了，茼蒿菜开着黄色的花，这些植物都是经过老人的手莳弄起来的，生长得那么繁盛，显示出生命的倔强。有一只小鸡在花丛里咕咕地叫着，难道那是它对于老人表示留恋吗？可是老人将要被埋葬了。

"当当当！"

送葬的锣声又敲起来了，显得那样悲哀而且难听，它带来一种恐怖的情绪在每个人的心里跳动着。成大叔用枯干的双手蒙上了自己的面孔，他差不多就要哭泣起来了。村长也走过来，他用一种命令的声音在人群中吵叫着，他的表情永远是那般严肃、高傲，绝没有表现出一丝一毫哀痛的神情。

"成大叔，预备好了吗？"

说话的人是死人的族弟李许，他打着灵幡，从一条不平的土岗走过来，早晨的风有些寒冷，把灵幡上的纸片吹得呜咽地响着。他的意识已经陷入于半昏迷的状态了，野风越发刮得大起来，天色变成昏暗了。

"你来得正好！"

村长向着李许大踏步地走过来，他拍着李许的肩膀，望了望棺材说："李许，你打灵幡，应该站在棺材的前面，在头前走。"

"应该看一个好时辰。"成大叔非常关心地说着，走近了两步，他异常痛苦地把那刀烧纸放在棺材盖上，这时候锣声又响了起来。

"当当当！"

"正是时候，"村长依旧用那命令的声调，吩咐着李许，"你送完殡，把李云的儿子给我找回来，这是公事。"

几个小伙子终于把棺材抬起来了，打锣的人又把锣敲了一遍，天色越发显得灰暗起来，人们终于把那棺材抬下土岗去，一条白色的灵幡在晦暗的天色下飘动，那白的颜色离房子越走越远了，在房子的左近有一只可怜的小鸡孤单地叫着，好像为它的主人唱着挽歌。

一九三五年十月十四日

鸦片零卖所之夜

在我将要离开东北的一个春天，因为要和朋友再做一次临别的畅谈，在事前我们约定谈话的地点在沈阳。

我到了火车站，等候了两个钟点，东行的火车便开来了，远远地有一股黑烟滚滚地喷放着，接着钢轨激烈地震动，铁路警察排成一列队伍，有几个日本守备队在月台上踱着响亮的脚步，惨白的刺刀在人们的眼睛里放着可怕的光辉，眼睛是异常刻毒地向着每一个中国人凝视着，就好像发现了什么秘密一样。突然汽笛声响起来，人们从迷惘中惊醒，兴奋地振作起来，似乎迫切地期待着对未来的一个希望。一刹那，一串客车便在人们的眼前停下来了。

我从人群纷乱中挤进三等车厢里，那是十分吃力的，我的一只手随着门板震荡了起来，幸喜我没有拿着沉重的东西，仅仅是一束看过半页的报纸，但是已经被扯得破碎了，它在寒风吹动中微微地低鸣着，冷酷的寒风侵蚀着，我不由得寒栗起来了。这时候我的唯一愿望就是找一个座位来安适我的身体，可是座位被许多人占据了，我只好焦灼地徘徊着、踯躅着，我的视线扫过每一个角落，直到最末一节车厢，忽然有个青年向我打了招呼。

真是意想不到，招呼我的正是我到沈阳约会的朋友。他见了我淡淡地笑起来，那是无可表示的一种表示，脸上的忧愁总可以看得出来的，那往日堆在两颊的丰满肌肉现在已经变成瘦削的了。在另一个方面，我不晓得他为什么也要坐这一辆车赶到沈阳去，他为什么不先到沈阳去等待我们的约会？一切的问题都使我感到疑惑和惊奇了。但是责难胜不过友谊的情感，我只好先笑起来。

"孟素。"

我叫着他的名字。互相握了握手，他把对面一个座位腾出来让我坐下。他的整个脸部全被一种淡灰的颜色所笼罩着，好像不胜疲倦的样子，头发蓬乱着，显然是已经有多少日子没有梳了。

"孟素！"我忽然想起他回家一定要经过这个小站，于是我武断地说，"你是回家去的。"

"回家去……"他的答复是很平淡的。

"家里都很好吗？"

"不！不！"他迟疑地说着，把声调放得异常低弱，好像是不能再继续说下去一样，脸色也显得很忧郁，嗓子是异常枯燥的，迸出几个简单的声音，"我的祖父……死了！"

"死了！"这意外使我吃惊非小，我一边感叹着，一边询问着死去的原因，他的答复仍然是很忧郁的。我不想再问下去引动他的悲哀了，但不知为什么我又担心地问着："出殡几天了？"

"今天早晨。"

"那么，你为什么要这样快地离开家庭呢？"

"我们不是约会在今天嘛。"

他的答复愈加使我感到不安了……

我们谈着，不知在什么时候火车已经离开车站了，推开窗户看着外面全是一片白雪，整个大地织成了银灰色的薄幕，早晨似乎还有雾一类的东西，在荒野漫散着，一排一排的树林枯黄地平列着，隐藏在树林里边的村落更显得异样冷落。这时候在我心里的一片回忆忽地被拨弄起来。我想把雪后的景致看得清楚一点，或许能从经验中唤起一种怀旧的感情，可是车窗已经关起，玻璃被煤屑所遮没，透过隙缝吹进一阵阵的冷风，冷气在窗户上冻成了薄薄的霜，当视线碰着那层灰白色的东西便再不能前进了。

驶过了相当的距离，机车便开始增加速度了，车厢微微地震动着，身子也都随着摇动起来。我们都很兴奋，我想和我的朋友开始谈论各种问题了，他的态度很慎重，事情明明在他的心中有了结论，也轻易不肯表明他自己的主张，有时候竟故意问起我来。不过我们绝没有感受到拘束，甚至在一分钟之内就换了一个题目，在高兴的时候互相笑着。

"我们谈诗吧。"

他提议了，我知道他喜欢谈诗，也写了许多诗，有几首刊在报纸上我是读过的，读后所得的印象很深刻，有时候我竟不敢相信他会写得那样成功。他这人很有希望，只是环境限制了他的天才，在路局上每月所得的报酬是有限的，而且他的家庭要等着他那有限的报酬过日子，有时候他想逃出这个生活圈子，可是他一想到失业的恐怖又使他畏缩起来了。但今天他并没有谈这些。心是照旧地兴奋着，几乎被文学的趣味所支配了。凭着记忆我们谈起了许多会写文章的朋友，有时候又回忆起我们在中学时代的情形，一个个可追怀的影子使我们互相感叹着。记得那个时候我们正在天堂上做着美丽的梦，漫无凭借地想把自己造就成一个英雄的人物，创造惊人的事业，而一走上社会便把自己的希望放弃了，整天被一种沉重的力量压迫着，剥削着，而终于失望了。

车厢里，杂乱地吵着，争论着，每个人都有焦灼的面孔，一些小市民和农民互相私语着。每当宪兵走过的时候，语声便渐渐地低弱了。宪兵的神气是很威武的，腰间挎着匣枪，钉在胳膊上的一块黄布，上边有"满洲国"打上的红印，并注明了名字和职务，宪兵的视线频频地向着人们的脸上注视着，好像要发现什么秘密一般。人们不敢把头抬起来，直听到皮鞋渐渐远去的时候才呼出一口闷气，打开包裹开始咀嚼着吃的东西，正在吃得高兴的时候，突然发现门板张开了，车厢里刺骨的寒风吹拂着，许多旅客立刻纷乱起来。有人想关上吹开的门板，随着有力的脚步声，日本兵直冲过来，手中的白色刺刀炫耀得怕人，眼睛是异常刻毒地注视着每一个人。脸色显得深沉与严肃，充满了敌意。这时候车厢里所有的声音都沉寂了，我们也只好把谈话中止，虽然感到窒息，却要把自己的呼吸喘得十分匀细，私自祈祷着那些可咒诅的东西离开这里。我不敢看他一眼，我怕会从那敌意的对视中发现了我的隐秘。一个失业的知识青年常常要担心着自己的命运，倘要被别人询问时，我将怎样答复呢？

当日本兵离开车厢后，我们松了一口闷气，脸上恢复了血色，这时候大家好像恢复了自由，甚至一些被禁止的事情也出现了。我们自由地唱着进行曲，狂放地谈论着各种政治问题。一个脱离奴隶压迫的人会怎样感到兴奋呢？望着板棚上的散乱家具和行李、柳条包，我差不多要流出眼泪了。

"孟素……"

我叫着他的名字，他把一册小说给我看，我接到手里，并不马上去欣赏里面的内容。我望着他冷静的面孔说道："孟素，我决定到北平去……"

我的朋友听了话并不惊讶。因为在我们过去的通信中已经讨论过这件事，他的主张正像他的态度一样慎重，一方面鼓励我离开东北，一方面让我考虑生活的问题。事实上，凡我想到的一些困难他都替我想尽了。可是今天他对于这问题忽然冷静起来，仿佛有什么话要说又难以表明。他两只手把一本书捏得紧紧的，凝视着，似乎他的全副精神都被那东西吸引住了。

"你想什么时候离开呢？"他问着我，"还是原先计划的日期吗？"

我点着头。我想争取孟素一同去北平，他下不了决心，却很关心我。

"最好是过了登基时候，不然，在路上一定检查很严……"

我告诉他怎样到北平去，还有到北平以后的计划。

"靠着写文章是……"

我知道他的话所藏着的意思是什么，我狂叫起来："孟素！我实在不愿意在帝国主义的压迫下生活了！"

"那么，你没有钱，到北平以后生活也要成问题。"

"我宁可过着流亡的生活！"

"流亡生活！"我的朋友嘘了一声便停止了。

经过三个多钟头的时间，火车开到南满站了。我们挤过了天桥，又换了摩电车，一直来到小北门。走过城门正是鼓楼北大街，许多书店都在那里开设，市场表面看上去照旧是前一年那样的辉煌，汽车和洋车一辆接着一辆奔驰着，喇叭响着，人们焦灼地走着。倘要你不看到"满洲国"旗，你仍然会以为这还是中国的领土，这情形有什么奇异呢？"九一八"的恐怖时期已经过去了，柏油路上的鲜血被铁甲车轧没了痕迹，一群小市民仍旧惶惶地为生活奔跑着，谁还能把过去的惊恐一直保持到现在呢？现在压在人们头上的是怎样生活下去的问题了，即使在我个人的身上也觉得这个问题的严重。我会观察出这辉煌的市场上萧条的痕迹，拉洋车的人比前两年减少了，离得城墙较近的几家小馆和一所电影院是倒闭了吧？这我没有看得十分清楚，但是贴在砖墙上五红大绿的广告仍映得分外显明，有些处被风雨侵蚀模糊了。高大的布幌子在门前摇动着，北风一阵刺骨地卷来，纸条子带着一种凄绝的声音响着。

这一条街是全城的文化中心，大小书店都在这里集聚，在建筑上也很发达，三分之二是三层和四层的大楼。当我在大学读书的时候，礼拜天总要到这里跑一次，用去了相当的钱买几册进步杂志或小说，有时候我和孟素碰在一起更有趣味了，两个人讨论着某一篇作品的好坏。现在我们又一起来到旧日的徘徊地点，我不知道这是否也能引起他旧日的情感，可是旧日的书店，已经歇业了。

"开明书店也闭门了吗？"

他点了点头又继续着说："北新书局也完了！"

"北新书局也完了！"

我们感叹着走进大东书局去，在全城里这是唯一的代售新书的地方，上海各书店的书籍似乎都有一些，上至一九二八年革命恋爱的故事，下至三角四角的作品，在本年出版的书籍也有几本，但是可读的东西太少，其中有二分之一是过去的作品，那一小半便是鸳鸯蝴蝶派

044

的小说了。我们分别在每一个书架子上寻觅，希望从许多乱草里发现一朵鲜花，但是所得到的只是失望，除了在眼睛里经过了一排一排的名字便没有以外的获得。

"那么就拿这两本吧？"

我的朋友也赞成我的意思，书是照原来定价付了钱。

……………

我们从东关的省立图书馆走出又到附近的小饭馆去，这时候我们确实感到饥饿了，没有喝酒，只要了两样平常的菜，一碗坛肉。渐渐地，我们又兴奋起来了，终于又提到文学的诸问题。

"孟素，我到北平一定要写成一部很好的小说，这现实的题材不是很能动人吗？"

过些时候终于又沉默起来，突然他把眼睛睁大了，炯炯地放射出异样的光彩，脸皮拉长着，青筋跳动着，流露出惜别的深情。

"你到北平我们可以常通信……"

"写信恐怕是不容易！"

"从大连转是可以的。"

"……这世界让我们写信的自由都没有！"

我们又是一阵的沉默，好像一切的问题都说得厌烦了，眼睛是呆呆地望着另一种东西，想着另一种东西，有时候故意摆弄买来的书，翻了一页又一页，其实是没有心思看下去，即使勉强看下去也知道时间不能允许，何况街上的人马车辆不停地喧闹着，心被刺激得忙乱而焦灼，这陌生的都市生活使我既憧憬又恐惧，仿佛有什么可怕的气氛包围着我的灵魂。

饭后，我们重新走到马路上，马路上照旧是混杂着人群的呐喊和马的嘶叫，远远地有一道污浊的灰土卷过来，那贴在砖墙上的纸条便沙沙地响起来了。望去，字显得很模糊，只有几张宣传"满洲国"皇帝登基时候的照片异样耀眼，每一种色素都强烈地映入眼帘……我们躲开外界的刺激慢慢地走着，马路上焦灼的脚步声却显得异样清晰，差不多在一秒钟间隔里都有着那沉闷的节奏在心头激荡着。我忽然很忧郁，对这繁华的都市感到伤感，为这都市中被榨取的生命深深惋惜。

我们走着，很少说话，当我们有了新的发现，便用手指做成一种姿势而悄悄地走过去，投射到我们感觉中的刺激不停地反应着。这时候我对于那新的好奇已经变成可怕与厌倦了。远方的汽笛带着恐怖的声音吼叫着，太阳光爬在墙角上只剩最后一点余晖了，我晓得这是怎样一种象征了！于是不安地焦灼起来，我不知道将要怎样继续下去我们的散步。

"孟素，我们夜里将怎样呢？"

差不多我们都没有想到这一层，突然我们被这问题难住了，看看太阳将要落下去，事情很明显的，倘若太阳落下去，住处就更难以寻找了，何况这是一个充满浓厚的恐怖气氛的环境呢！有几次，我想连夜搭火车回家去，可是夜里是否有西行的客车，自己还不敢肯定，何况我所要买的东西一点也没有买到。

"怎好！回去吧？"

孟素坚决地喊着："住下吧！我们再谈一夜。"

"谈一夜……"我不能自决了。

"就是这样决定吧！"

我没有明白告诉他对于这环境感到恐怖的原因，可是他会想出我所感到的不安是什么。我觉得住在这城里倒也有些意味，借机会我可以切实地观察着事变后的沈阳究竟改变了什么，也许在某些方面我会抓住它的特征，观察它的本质。不知为什么，我的情感又从高压中平静下来，我抓住了朋友的肩膀，我告诉他现在我是怎样表示同意，在这短促的夜里或许将有什么意外的获得。到夜里，街上的声音愈加沸腾起来了，那远方和近处，一阵阵的不可分辨的尖锐震荡，尽情地践踏与骚动着，似乎要把这一个罪恶的都市踏得粉碎，我的低弱声调只成了一种淡淡的波动，灰尘一般消失于人海之中了。

"我们究竟到哪里去呢？"

这时候我们已经走进北市场了，街上是显得异常繁华！电灯光照彻得白昼一般的明亮，我几乎要被这环境所踌躇了，停在一家百货商店的门口，我又惊奇地问起来。

"孟素，我们究竟到哪里去呢？"

但是他并不直接答复我，过些时候他用那严肃的眼光故意地望着我，就好像对于我的疑问已经得到了解答，我也不再问下去，跟着他的一条黑影子走，在心里保持着一种未知的神秘。

不知到了什么时间，我们迎着一个旅馆字样的木牌子走进去。门上的玻璃已经脱落了一块，当我拉开门的时候便听到一派强烈的音调震动着，心是先萎缩起来，仿佛预感到夜里的恐怖袭击着灵魂。我压制下一切可怕的念头悄悄地走进去，和视线接触的完全是一片漆黑的反光，窄长的甬道中充满了一股土腥气，使人感到气闷，甚至使人窒息。在这时候我发现了一所很神秘的房子，那是用木板扎成的方格子，很低矮，隐藏在房门的后边。小屋里掌着白蜡，人们的面孔被映得非常鲜明，由服装上和声调上，人们会猜出这是一群朝鲜人，他们鬼鬼祟祟的仿佛干了一些什么秘密勾当。可是这印象并不会在心头保持长久的，当我走上楼梯的时候便迅速地消失了。用手摸着栏杆一步一步走上去，两个人的脚步谐和地响着，拐过了楼梯才有一盏疲弱的灯光射下来，眼睛是不会感受刺激的，望着那移动在板墙的影子愈来愈短了。

当我们走到楼梯的尽头，望着正西方和正南方两个小房间，里面摆设着木桌和床铺，剪发的女人在陪着男人吸大烟，烟灯在闪着荧荧的火光，人们的脸上是显得非常快活的样子，淫秽地狂笑着，当他们发现脚步声便立刻把笑声停止了，脸上带着一种惊奇的表情望着我们，但那绝不是一种恐惧的表情，坦坦然照旧是骄傲的姿态。我们折回身子，又奔向正东的一个房间，里面也有电灯，门是敞着，很清楚地可以看到里面的一切情形，只是门框上挂着一个木牌，上面写着"鸦片零卖所"几个字。这时候我完全明白了，我可以由这几个字上想起这旅馆的来历，甚至我要埋怨我的朋友，他为什么要找到这个地方投宿呢？

我无可奈何只好跟着他走进去，里屋是南北两铺大炕，当中放着一张八仙桌子，一个刚吸过烟的中年妇人正从北炕起来，头发是异常散乱的，态度是大方不拘的，看情形会猜想到我们来做什么来了，用手指着正南方的火炕，炕上还放着已经卷好的行李，那大概就是旅馆的所在了，她的嗓子沙沙地响着。

"每位四毛。"

"连行李吗？"

当孟素问完之后她便连连点头，看情形是不在乎这几个微小的钱数，不过在我的想象中这也是一个正好的数目。

"那么，四毛就四毛吧！"

孟素一边掏钱一边对我说："我们到外边走走去吧？"

我也觉得不能在这屋子里待很久的时间，于是便走开了。穿过了一条斜街，我责难地问着孟素说："你为什么愿意在这里呢？"

"这里可以省去许多麻烦。"

"省去麻烦？"

"是的，比如在别的旅馆里总是很详细地盘问你，检查你，在这里就有这种好处，并且他们以卖鸦片为主，很少有人注意到他们的旅客，他们对于旅客只当是一笔意外的收入。"

脚步一前一后地踉跄走着，两只瘦长的身影混杂于灯色之中，人群沸腾似的喧扰着，仿佛经过了恐怖时期又呈现着那粉饰的繁荣了，标语和招牌点缀着，各种颜色飘舞着，使人看了真有些肉麻。突然孟素把脚步停止了，神秘地望着我。

"我每次都住这旅馆。"

"那么，你已经住好几次了？"

他点点头，我们继续走着，论方向我是记不清了，在我的感官中除了沸腾与喧扰没有以外的印象，洋车的胶皮轮子来往不住地辗转着，一些小市民和叫卖者纷纷地骚动着，夜的光彩似灰一般浮过了苍空，这帝国主义压榨下的都市处处都显示出一种可怕的气息，事变时候的恐怖情形在一个陌生人的脑子里是不会消失的，一切的行动好像都没有保障，心是战栗着，这时候又有一种观念浮上我的心头："我们找个地方消遣吧！"

孟素皱紧了眉头沉吟了一会儿，忽然快活地说："那么我们就去看电影吧！沈阳电影院……"

"电影……"我重复着，不知怎样回答他了。

"就决定看电影吧！你知道太堕落的地方我们不能去。"

我不好意思再驳回他的建议了，于是放大了脚步跟跟跄跄地走着，大街上一切的情形淡淡地飞过去，我们也再没有时间去分析每一个人物的姿态了，那一张张蒙着灰尘的死灰色的面孔，如水一般的流过去。马路的中央只有几个警察徘徊着焦灼的脚步，样子是很颓废的。不知为什么那警察颓废的脸色使我们频频注意着。我们忙抢上了两步，那可怕的形象很迅速地从我们的视野中消失了。急促的步伐在脑子里还依稀地存留着一种深沉的韵调，我们已经踏上另一条路了。

电影院里的时间是很容易消磨的，在回来的路上我几乎把银幕中的情景完全忘掉了，只觉得全身瘫软，打着哈欠，已经感到过度的疲倦了，我不知孟素此时疲倦到什么程度，但是我的身体已经不能再支持了。

"哪一条路呢？"

我焦灼着，我不能分辨摆在眼前的一条条的交错路线了，商埠地的经纬路是很复杂的，幸喜我的朋友还能记得十分清晰，他非常自信地走上那正确的一条。我没有说什么，只是默默地跟着走。在严冷的寒风中，手是冻得僵麻了，我的朋友也把他外套的领子提起来，两手插进腰袋中，迎着北风跟跄地走去。冬的威严是任何生物都会畏惧的，黑的魔纱和冷的压迫开始它的侵蚀与包围，路的尽头有一团沙砾揪着零落的纸片子沙沙地响。除非是把视线射到老远的方向才能望到一线灯光，那会使你想到是从某一个高楼的角端上射出来的，在暗红中还掺杂着许多更玄妙的颜色，汽车的喇叭在玄妙的颜色中呜呜地叫着。

当我们回到旅馆里，我又看见了那个鸦片零卖所的牌子，几个朝鲜人照旧是在木格子里喧叫着。我压制住自己的沉重的情感，跨大了脚步，脸上惊惶地仿佛在等待着什么，听到身后踏楼梯的声音渐渐地临近，我停住了脚，想和跟在我后面的人说些什么，但终于沉默下去。

我走进了屋子，身体似乎暖和一些了，挨近八仙桌子的右边是一个刚烧红的洋铁炉子，炉筒子一阵呼呼地响起来，屋子里还流荡着薄薄的烟灰，有一个黑脸的烟客正躺在北炕上沉睡，旁边有盏烟灯放着豆大的光辉，反映到附近几个人的脸上都是一片焦黄的颜色。在当中，那先前和我们谈话的中年妇人又起来和我们应酬了，那无非几句简单的言辞，接着她便把我们的姓名和职业都写在店簿上了。

女人穿件短衣服，露出一副放荡的姿态，嘴上总是挂着淫秽的微笑。我们没理她，她便走开了。我脱去了鞋，躺在对面炕上。恰好有一个瘦脸汉子正在等着她去打烟泡，二人咕咕叽叽的不知说了些什么。

在这一个新环境里使我想起许多问题：在"满洲国"有了职务，都像他们一样堕落吗？这问题不知道怎样回答才好，在我们的头上仿佛有一种更严厉的声音时时在刺激我，在"满洲国"的领域我第一次看到这种罪恶的生活！这可怕的生活！内心不由得战栗起来。

八仙桌上放着茶水，我们自己斟着喝，一杯一杯地故意来消遣时间，大概睡觉的时候还早一点，我们都想趁着将别离的刹那谈一谈更迫切的问题，但是有什么可谈的呢？纵然有些话也被这环境限制住了！在脑子里时时地盘旋着一种恐怖的念头，整个的生命都为它担着忧心。两只手是百般无聊地翻着书的第一页，只看到几个字便翻到第二页了，再合上书本，想一想书中所描写的人物完全忘记了，甚至一丝一毫的印象也都模糊了。我回过头望着孟素，他正在望着雪白的墙纸出神，仿佛在思索着什么，脸上的疲倦神色无法掩饰地流露出来。

他从外边买了花生来，我想用这种方法可以延长我们的谈话时间，其实在孟素一方面已经不想再说什么了。我没有打扰他，索性自己剥着花生吃。这时候另一个穿洋服的青年从对面走过来，样子是很兴奋的，眉毛浓黑，充塞着高傲的气焰，两眼深陷，高高的身材，耸着双肩，踏着明亮的皮鞋走近了我。看情形好像希望和我攀谈，我只好很客气地让了座位。但是出人意料，他不坐在我的旁边，却用手去取那两本书。

"我也爱看小说呢！"

他把两个书的名字看过又悄悄地放下了，用一种神秘的眼光望着我喃喃地说着，好像期待我的回答一样。

"呵！请坐。"我终于站起身来说，"你喜欢谁的小说呢？"

"张资平的，蒋光慈的我也喜欢。"

渐渐地，我由他的谈话中知道他原是同泽中学的学生，现在伪奉山路局当职员，每月的薪金都在这鸦片零卖所消耗殆尽。当他在形容某一种事情时两侧消瘦的面颊就很明显地展露出来了。我怀疑着，这是他到鸦片零卖所的原因吗？这样，我终于好奇地问了："贵局的同事，到这里还有几位吗？"

"全体！全体！"他瞪着眼睛非常肯定地说，"有扎吗啡的，抽白面的，还有一些是'架鹰'——海洛因。"

"全体！"我喃喃地唠叨着，真有些不信。

"是的，奉山路局全体抽大烟。你们学生是不知道的。"他看了我一眼，大概从我的态度上证明我是学生吧。接着他又给我解释着，凡鸦片零卖所里都有女招待，不会抽烟的也来玩玩，后来上了瘾，就非抽不可了。

他把话头停止，接着便传来一阵少女淫秽的笑声，咯咯的，直持续了几秒钟之久才消失下去，猛然又是阵尖锐的节奏开始震动着，好像是什么东西落在铜盘里的动静。这是任何一个人都可以想象出那是怎样一种情景，声音的距离并不远，仿佛是从对面一个房间里发出来的，随后又听到一种轻缓的脚步声向着远方移动下去。这时候他仿佛在想着什么，两眼望着纸棚。

"全奉天城一天是消耗四万两烟土，烟土四万两，真的。"

随后他又说了吗啡和鸦片零卖所的数目，卖白面的有多少，卖海洛因的有多少，其中有多少是日本人开办的，有多少是朝鲜人开办的，有多少是中国人开办的，还有多少是中国人和日本人合办的，一切的情形他都知道得非常详细，就好像有谁报告他一样，而且他在说某一种数目时绝不会混杂不清。这时候我完全感到惊奇了，奉天城已经糟蹋成这样，那么经过几年之后这种坏习惯能不能成为普遍的现象？那时候要找到一个不吸鸦片的人实在难得了。想到这可怕的情景我不禁战栗起来，那好像为着许多的罪恶生命哀悼一样。

我回过头去，不知在什么时候，孟素已经熟睡了，脸是仰着，那种疲惫的状态很可以观察出来的，不时地从鼻孔中发出了低弱的鼾声。我大概是受他的影响吧，也困倦起来，精神是再不能支持了，于是我也就势卧倒，意识恍惚地蒙眬下去。

过些时候我不知被什么声响惊醒过来，静着耳朵听，是隔壁女人的笑声，地板上是一轻一重的脚步声喈喈地响着，等玻璃门关上之后那声音便消失了。迎着我头顶上一盏烟灯仍旧放着火光，烟斗在嘴里咕噜咕噜地响着。听语音仿佛是另一个男人了，中年女人还是不时地狂笑着，这狂笑说明了自己的营业是如何的不佳，又如何……渐渐地，那语声便低弱下去了，那是使任何人都不能听得清楚的。突然又一个男人的嗓子喊着，皮鞋紧接着在地板上响了。

真闷死人！在这个焦灼与混杂的生活中我相信自己不能再睡了。我只好把丁玲的《水》拿起来翻着，其中的小说似乎都很长，《水》一篇我在《北斗》上已经读过，当时是感到很兴奋的，倘现在仍要那样细细地欣赏实在没有心思了。我又把茅盾的散文集拿起来读着，字数很少，不需要几分钟工夫便看完一个题目了，看了一篇又一篇，渐渐兴奋起来。

"……所以在冰天雪地中对日本帝国主义抵抗的，只有向来被贱视的穷苦老百姓了……"

书中第一百二十八页的几行字，竟感动了我。天哪！能够和日本帝国主义对抗的究竟是什么人呢？难道是一群吸鸦片烟的家伙吗？他们只能帮助日本帝国主义去剥削东北民众，剥削东北民众啊！……

　　我听到一个熟悉的声音，果然又是那个穿洋服的青年踱回来了，坐在北炕沿，两只困倦的眼睛向着烟灯呆望着。这时候那个中年女人突然坐起身来，用手向他的身上摸着什么，喊着："张先生，借我十元，十元就够。"

　　接着便笑起来。

　　"有十元钱我住局去。"

　　那穿洋服的青年挣脱了女人的纠缠走向我这里来，毫不客气地把我看的书接了过去。

　　"不是小说吧？"

　　我点着头，我不想再和他说些什么，我想这样他可以很快地把书交给我，真是出乎我的意料，他接连地翻弄着，直翻到一百六十二页第三行他指给我看，态度是很严肃的。

　　"……不见东北义勇军过去一年来的浴血苦战吗？……"

　　他又念了一遍，把每个字都说得异常响亮，他并且说明义勇军和日本人的关系，眼睛望着我，那好像在宣布我的罪状一样。我不知为什么先恐惧起来，身子哆嗦着，全副精神集中在一个可怕的念头上。

　　"这是书上的话……"我解释着，我想不起再恰当的话了。

　　"在奉天城没有人敢说义勇军了！"

　　他伤感地笑起来，那显然对于我的恫吓是出于他的无心，他的脸上露出痛苦的表情，脸色青白，垂下头，瘫软地坐下来。这时我感到他是多么可怜，内心产生了对他的同情。我心中在暗暗地召唤："奉天城里的全死了吗？起来呀！义勇军，救救他们……"

一九三五年

我们的祖先

　　老年人总是以叙述我们的祖先为荣耀的。他谆谆地对我说，在那白山黑水之间，埋葬着先人的坟墓。先人的生平和遗留下来的功绩，被刻在石碑上。晚间有月亮光照着石碑上模糊的字迹，暴风雪围着大白杨树呼啸着，春天的草原上开遍了殷红的花朵。过去曾有一个时期，代表着关东城的兴旺。几千万个愚昧的生命从黑暗中发现了光明，他们强悍地，勇敢地，勤劳地，时刻不停地开垦着关东的土地。他们终于发迹起来了，那种发迹正是代表几千万个的奴隶生命之光荣与骄傲，他们拼着血汗造成关东这块广阔土地的兴繁。

　　老年人每一次说到这里，总是掉下了眼泪，那正是从他的心灵中所激发出的一种情感。他的两片紫红嘴唇微微地颤抖着，苍白的面孔上浮现出薄薄的皱纹，显示出阴郁而又慈祥的神情，他合上两只瘦削的手掌喃喃地叨念着，身子一动也不动，脸望着天，仿佛在祈祷着什么。他是在忏悔着，痛苦着，还是什么意外的刺激使他的心灵受了创伤，痛楚与不安？有许许多多的回忆都是从老年人自己的口中叙述出来的，他把先人们的故事说得那般逼真，哀婉而动人，因为他的年龄相去我们祖先的时代还不甚远。他在那个时代里生长过，呼吸过那个时代的空气，那个时代的习惯与信仰变成了他生活中铁一般的律条。

　　老年人的性格是很倔强的，勤勉与奋勇，他有一颗热情的心和一颗高尚的灵魂，那正是从我们白山黑水之间的血流传下来的，从他的动作上，或者是语言上，也都可以找出那前一个时代的痕迹。可是老年人自己并不觉得，他唱着前一时代的歌曲，他讲叙前一时代的故事，他讲起我们祖先的勤苦与光荣，但是我们的祖先已经埋在坟墓里了。

"我们祖先的灵魂是不会死的，永远不会死的，那不死的灵魂正如太阳一般长久，他们的光芒照耀于人间。"

老年人激昂的声调，显示着过度的兴奋，深陷的眼眶里反射着神奇的光芒，他把拳头举得高高的，那好似在骄傲地表示，我们祖先留下的子孙，还在追怀他们光荣的历史，他们勤苦创业的功绩，这同时又使老年人怀着莫大的遗憾，因为我们祖先用血汗创造的产业已经丢失了，变成别人的财产了。

老年人流亡到北平，是在日本武装移民的开始。外来民族占据了我们祖先的产业，甚至我们连生活的权利也被剥夺了。老年人晓得不能在那里生活下去，他不能忍受一切的侮辱与压迫。在一个暮春的天气，老年人含着眼泪离开了那东北的平原，离开了我们祖先的故土。虽然那里仍然留存着我们祖先时代的陈迹，土堆里安葬着我们祖先的尸体。安然长眠在那黑暗地层下面的我们的祖先满意地甜睡着，绝没有想到他们亲手开垦的土地后来会被敌人占去。

老年人的悲哀命运从流亡就开始了，每一次当我来的时候，他总是絮絮叨叨讲起东北草原上生活的奇迹，民间流行的传说和故事。他的记忆力特别强，他讲起来似乎很兴奋，他的眼睛里放射着神奇的闪光。有时候他带一种诧异的神情望着我，于是我开问了："你老不想念东北吗？"

"东北！"老年人惊骇地叫着，热情地摇着他的手掌。

"是东北。"我答复他，"那里是我们祖先的故乡。"

"你说什么！你说什么呢？"老年人带着一种奇异的眼光望着我，他的两片紫嘴唇开始颤抖着，"你说我们的祖先吗？我们光荣的祖先啊！"

他激动地叫着末一个音节，眼泪已经流出来了，他舞起两只拳头，苍白的脸皮上浮现出兴奋的闪光，两道眉毛开展着，他那疲涩的嗓子已经沙哑了。他想要说更多的话，但他连一个声音也迸不出来。他烦恼地挠着瘦削的手掌，他那骇异的眼光不住地向着屋角里巡视着。经过了一度缄默之后，他又开始微笑着，那是非常骄傲的一种表情，天灵盖上有几道横纹画出了他年岁的轮廓，他似乎在憧憬着什么，他向着遥远的方向凝望着，那里就是我们祖先的故乡的天空。

老年人指着东北的天角给我看，从蔚蓝的天空一直望尽渺茫的天际，那里有几片薄薄的云彩。老年人的憧憬成了他的生活习惯。因为他那衰老的身体已不适宜再做什么。他的耳音很好，我每次来他都是最先发现的，而他的推测又很准确。仿佛任何人的脚步声他都可以分辨出来，有时候我故意地停在门外，那么老年人便马上把我招呼进去："进来吧！孩子。"我爱听老人亲热地叫我孩子。我常常被那温存的语声所感动，不由自主地跳进屋里去，我迈着脚步轻轻地向着老人那里移动，我望见他温和的脸色，我用力地抓住了他的手臂。老年人则伸出另一只手摸着我的前胸。他带着一种喜悦的声音向我说："孩子，你是我们祖先遗传下来的血统。"

我沉默着，于是老年人又在喃喃地讲起来："一点也不错，孩子！你的身体是这么魁伟！骨骼是坚硬的，脑袋也是这么扁！这都是由故乡水土造成的，我们的祖先，就是凭着魁伟的身体战胜了野兽，开垦了土地，克服了许多困难和危险。孩子，你听说过这事吗？"

"我……没有。"

"没有。"老年人重复着，浮现出一片微笑，"孩子，你没有看见过你的祖父吗？"

"我看过……"我带着眼泪说着。

"那么你看见过你的曾祖父吗？"

"没有。"

"是的，孩子，你没有看见你的曾祖，你的曾祖正像你的祖父一样，他们的性格和生活的习惯都很相仿，同样有知识，也有同样的道德与信仰。他们的身体都是那么魁伟，性格是坚毅的，他们不爱说话，他们更不喜欢表白自己的功绩与荣耀。孩子，你以为他们没有智慧吗？他们的房子举架盖得高高的，镐头是那么沉重。他们带着几十斤重的大斧去砍伐森林，他们赶着望不尽的羊群，他们有无数雄壮的马匹，他们用木筏子代替河里的船，上面载着大批的财富与粮食，冬天有骆驼队爬过雪山，爬过苍郁的森林，拎着皮鞭子走向那茫茫不尽的草原，唱着牧歌……孩子，你以为他们愚笨吗？他们从来不吝惜他们的劳动，土地上出产的粮食堆成山，羊群和马匹不断地繁殖着，可以遮没大地。但是他们还在希望有更大的财富。你不是看见过你的祖父吗？那个仁慈的老人整年地扛着锄头，再不就是拿着镰刀，一年不断地劳动着，脸皮晒成太阳一般的颜色，光着脚，两脚插在泥泞中，他的歌声是那样狂野与悲壮。那是歌咏他们的生活，他把那崇高的灵魂贯注在每一个音节里。"

"孩子，你懂得吗？"老年人稍微把语调停一停，又继续向我说，"你听见过那歌声吗？在那和谐的交响乐中你可以听到他的呼吸，他的沉重的脚步，那就是你的祖父。他在一条漫长的垄台上，迈着不知疲倦的步伐，还一边打着哨子，太阳光照射着他的生命，他呼吸着大自然里芬芳的气息，他站在一条土堤上向着远远的坟墓遥望着。在那坟场上开着美丽的花朵，羊群从青草地上拥过来。他珍惜着他的财产，那羊群和一切财产都是睡在坟墓里的人给他留下的。那是你祖父的祖父，也就像你的祖父对待你一样。孩子，我问你，你的祖父爱你吗？孩子，这问题你可以马上回答上来的。你的祖父爱你吗？"

当老年人第二次追问我的时候，我已经难过得哭了，我忏悔而且惭愧着。我不敢接受我祖父的爱，我实在没有那种资格，我再不能走到我祖父的坟场上看看那灰色的羊群了。

"孩子，你为什么哭呢？你想起你的祖父吗？你想起我们的祖先吗？那茫茫田野中的羊群、雄壮的马匹、森林、房子，那望不尽的肥沃田野，和那无边的草原……孩子，你晓得吗？我们祖先给我们留下的产业都被敌人占据了，他们施行武装移民，赶我们到外乡来。你情愿离开我们祖先的坟墓吗？你情愿抛弃我们祖先留给我们的产业吗？"

老年人终于哭泣了，眼泪从那苍老的脸皮上一滴一滴地滚下来，他用手揩着，但是他那两只手也抖擞着。他禁不住他那感情的发泄，他的灵魂在极度地忏悔着，哀痛着，沉默地合上手掌，像祈祷一样向着东北天角凝视着，幻想着。恍惚间好像在那灰暗的云幕下现出了我们祖先的坟墓。那正是春天的时候，坟场的四周开遍了殷红的花朵，鲜绿的草叶，羊群漫散地从草原上冲过来，一片软软的足音徐徐地流动着。到晚上，那牧羊的人唱着牧歌走过山岭去了。月亮光照着石碑上模糊的字迹，在那阴暗的石面上雕刻着我们祖先的生平、事业与功绩。

"别人没有占据我们祖先产业的权利，绝对没有。"

老年人从幻想中恢复了神志，激愤地叫喊着。

"我们祖先的产业为什么被别人强占去呢？孩子，你晓得吗？我们祖先几百年间所开发的富源能够白白地丢弃吗？那是拼着血汗开发起来的，我们的祖先忍受过一切的困苦与饥寒，在仆仆风尘中饱尝了雨雪冰霜，现在损失的不仅是我们祖先的产业，也是我们祖先的灵魂，在那个草原上再没有人唱着我们祖先时代的歌曲了，故乡的一切气象都显得消沉、破落与衰败。"

老年人呼出一口气又继续说："孩子你应该效法我们的祖先，崇拜我们的祖先，重唱起我们祖先唱过的歌曲，在那歌曲中你可以发现最真挚的感情，最纯洁的光辉。"

老年人的长篇谈话是无止境的，倘若我不走开，老年人也许会一直讲下去。我站起身来，但又眷恋着不忍离去，我好像做了某一种残忍的事，我懊悔着，但我终于慢慢地走开了。我的脚步在一条斜长的石阶上践踏着，我感到无限的怅惘，我迷恋这老人正像迷恋我们的祖先一样，我感到茫然起来，我们的祖先生活在一个多么遥远的时代，我多么向往啊。可是，我们祖先所开垦的土地已经被敌人占据了，羊群被赶散了，房子也被炮火摧毁了。留在我们祖先的坟旁只剩下一片荒凉的草原。对着那坟墓却是敌人的炮垒，他们的战旗骄傲地飘荡着，飞舞着，似乎在夸耀着夺取殖民地的胜利。这对于我们的祖先是怎样一种侮辱呢？那种侮辱也正是对着我们自己……每当我想到这里总有一种卑污的感觉，难道我们没有我们祖先一样的反抗精神吗？我们祖先流过血，流过汗，开荒斩草开垦了农田，他晓得生存在这个世界上是怎样的不容易！我们却没有懂得先人创业的艰难，我们能够苟安吗？如今我们流落在异乡，失去了土地、房屋，没有一只小羊是归我们所有的。我不由得想起我们的祖先，我们祖先对我们的恩惠是多么深厚哇！

一天，我走到老年人那里去，希望从那里更详细地了解我们祖先的生活情形。我屏着气息，当我走上石阶的时候便把脚步停止了。我被一种清晰的声音惊住了。那是从老年人的口中发出来的，他在唱歌吗？于是我退在门角的一边潜听着。不错，老年人果然是在唱歌，而且是那么动人，在中间有一段是：

在那辽阔的草原上，
埋葬着我们的祖先，
他们出生在风雨中，
他们的生命犹如草莽。

太阳钻出了嘴，烧红了天，
早霞铺地、河水决决，
太阳沐浴着羊群，
歌唱不尽幸福的源泉。

锄头与镰刀是终身的伴侣，
终年的风雨血泪斑斑，

我们的祖先，勤劳智慧的先驱，

只见得黄土变成了金山。

…………

　　这是老年人唱的歌吗？这是我们祖先唱的歌吗？这不是我们祖先生活的写照吗？于是在我面前出现一幅梦幻般的图景。早晨迎着太阳的光芒走出村庄，他们一边走着，一边唱着劳苦的歌，扛着锄头，遮着手臂望着那远方，羊群已经在旷野里漫散开了。他们不顾风沙的吹打，不顾汗水从脸上淌下，仍然不停地挥动锄头刨地，在他们的眼神中饱含着希望，希望着每一棵小苗长成庄稼，希望着金色的收成。

　　老年人发现了我，他幸福地望着我，脸上的皱纹越发显得舒展开朗。

　　我放开脚步，走向老年人的眼前，他坐在一张板凳上得意地微笑着，太阳的光辉照射到他的脸上，是那般慈祥而可爱。他启动着嘴唇，于是老年人惊奇地叫着。

　　"孩子，你在什么时候进来的呢？"

　　老年人摇着手掌叫起来。

　　"孩子，你偷听我唱的歌吗？"

　　"是，我偷听了。"我本能地回答着。

　　"孩子，在歌曲中你可以想象出我们的祖先是如何的辛苦。他们耗尽精力来创造自己的事业，他们的事业有多么伟大，那只有上天才晓得，无论他们走到哪里，上天永远是用一颗明亮的眼睛望着他们，赞美他们，鼓舞他们，因为上天是晓得他们是怎样的辛苦，上天给人类留下小溪，让他们的马匹去饮水，到了春天，大地为着他们的羊群长出青草，小鸟唱着可爱的歌。下起雨来了，大地上一切植物都生长起来了，那就是我们祖先吃的粮食。一切的建设都奠基在我们祖先的肉体上。你讨厌那笨重的镰刀和他那粗野的歌曲吗？我们的产业都是从那笨重的镰刀底下发展的，那粗野的歌声奠定了我们现在的文明。

你懂得吗？"

"不懂得。"我胆怯地回答着。

"孩子，你是不懂得的！因为你在安逸生活中忘掉了我们祖先的恩惠。如果没有祖先的产业我们还能够生存吗？我们祖先为着我们终年劳作，因为他们热爱我们，所以他们在劳作的时候并不觉得疲倦，他们的歌声总是那样快活，他们希望自己的子孙把那未完成的事业继续发展下去，他们希望把土地垦得更多，房子盖得更加高大，小羊不断繁殖，变成成千成万的羊群，粮食堆成山，那就是他们的心愿。当他们躺在坟墓里的时候还是念念不忘：'看哪！那羊群是一天天地多起来了，茅草屋变成了大瓦房。镰刀也逐渐地精美了，又有新的农具了。'孩子！我们应该去效法他们，我们要从他们那里学习知识，模仿他们的动作，领会他们的语言、习惯、道德和信仰。任何一种东西我们都应该去学习、鉴赏、观察和发扬。"

老人的长篇叙述似乎有些疲倦，甚至没有气力说下去了。但他仍旧奋力坚持着，他的两片红嘴唇不停地搐动。忽然他忧郁地对我说："孩子，你喜欢我们可爱的故乡吗？"

"我喜欢我的故乡。"

"孩子，是的，不但是你，每一个人都喜欢他的故乡，为什么我们不能回到故乡去呢？故乡的田产已经被敌人占据了，我们再没有耕种的权利，我们不堪在别人统治下忍受压迫的痛苦，他们榨取着我们的血汗，剥夺了我们的自由，不允许我们在那里生存下去。我们能给别人当奴隶吗？我们祖先的性格从来都不是懦弱的，从他生活在这世界上便带着一颗骄傲的灵魂。他们栖息的地方是他们用自己劳动的双手开辟出来的土地。"

他陷入了沉思，过了一阵又接着说："孩子，你晓得我们祖先所开垦的土地是怎样广大吗？我们怎能把祖先所开垦的国土丢掉呢？孩子，你不觉得惭愧吗？我们为什么这样懦弱呢？我们被别人赶到外乡来。孩子，你晓得，我们是不能长久在外乡的。在故乡有我们祖先留下的遗迹，有我们祖先的坟墓。他们躺在坟墓里忍受着寂寞的时光，他们是怎样苦恼呢？他们心爱的镰刀生了锈，羊群被炮火驱散了，子孙们到外地流亡去了。假使我们的祖先现在还有知觉，他会怎样痛心呢？他也许会愤怒地从坟墓里跳出来，他举起镰刀要同敌人厮杀，从敌人手中夺回自己的产业，他要把烧掉的房子重新建设起来，把逃散的羊群从四野圈回家去，唱着凯歌，骑着雄壮的马匹在那几百万平方里的草原上任意驰骋。

"孩子，我们祖先的光荣时代已经过去了，像闪电般地飞过去了，当我们继承我们祖先遗产的时候，并不觉得是如何的艰难，甚至任意地挥霍着，我们不肯拿起镰刀了，也不放牧羊群了，我们吃着好吃的东西，穿着好看的衣服，我们走的是一条平坦的路途，没有危险，也没有恐怖。孩子，你懂得，那平坦的路途是怎样可怕呢？有多少希望都断送在它的上面。我们要做人必须像我们祖先一样辛苦、勤勉、奋勇，一刻不停地搏斗下去。不然，我们祖先的产业必定丢掉。"

当老年人讲完之后，我难过地想起丢掉的国土，立刻痛哭起来，我的心情非常激动，那些出卖祖国土地的人的罪孽是不可饶恕的。为什么要把我们祖先的产业丢掉呢？他失掉了我们祖先的灵魂，丧失了那伟大的、倔强的性格。

"孩子，你说话呀！你可有什么消息告诉我吗？"沉默了一会儿，老年人问我说。

我听到老年人的呼唤才抬起头来，我有什么消息可以安慰老年人呢？我在屋子里寻觅着，搜索着，我终于在床底下发现一张《世界报》。那是一星期以前的东西，我把它打开念给老年人听。头一版是国内大事记，二版是国外的纠纷，在末版里有一段关于东北义勇军的消息，总共不到五十个字。那是用极小的铅字排印的，好像是怕被日本人发现一样。

我狂热地把那消息念了一遍又一遍，我的嘴唇颤抖着，眼睛里飞进着火光，我的浑身血液都沸腾起来，心脏剧烈地跳动着，我的面孔烧得红热起来，我几乎不能再继续念下去了。但我的嘴唇仍旧是不停地启动着，我的视线不自主地瞅着那黑黑的铅字，再不能制止住我的情感了。每一次当我读完之后，总是有一种声音在我脑壳里回响着："孩子，你把祖先忘掉了吗？"

我把报纸抛在一边，跑到老年人的跟前，我失掉理性一般地摇着他的肩膀："你说呀，我们的祖先……"

"孩子，是义勇军吗？是义勇军吗？"老年人反复地惊叫着，眼睛里放射出希望的光芒，充满自信地说，"孩子，我们祖先的灵魂没有死去，他的子孙是不会在敌人的炮火下屈服的，他们的灵魂没有死掉，真的没有死掉。"老年人拍着我的肩膀，痛哭起来。

一九三五年

小 伙 房

　　小伙房的历史是很悠久的，自从平汉通车便开始建设了。年纪老一点的人还亲眼见过当时是怎样动工的：架梁、砌墙、搭炕，后来便建成现在的模样。在当时这似乎并不怎样费事，盖房的主人并没有存着多大的野心，他只觉得从火车上下来的旅客是需要这样一个处所的。许多旅客下了车之后竟无可奈何地踯躅着，寻不到休息或是吃饭的地方，他们只好一步也不停留地又开始了远途的跋涉。年纪老的人还记得这里原是一片荒凉的场所，有柳林和大片茂密的芦草，夏天时候满布着深黑色的高粱棵子，胡匪常常出没于其间。乡下人很少到这里来，离市镇稍远，有荒废的抄道可以通到远方的村子。冬天的大车在坚滑的冰地上咕噜噜地转动着，放羊的孩子有时候也跑到这里来。但是没有一个人注意它，也没有人来赞美它，甚至风水先生也不把它放在眼里。后来竟在这里造起洋房子来了，那洋房和乡下一般农民住的房子绝不相同。许多小伙子放弃自己的耕种来修站台，竖扬旗杆，搬运着石子，石子落在铁道上锵锵地响着，应和着那脆亮的声音大家唱着歌，讨论着新的知识和消息。每个人似乎都快活，兴奋的面孔充满了一种不可名状的情调，人们遇在一起总是很神奇地望着，似乎在询问着什么，又像在期待着什么。过些时候火车便从铁道上驶过来，于是大家都被那新的东西吸引住了，感到十分惊奇。

　　小伙房是在火车开过来以后建筑的。那时候还有许多乡下人跑到小伙房里来看火车，因为小伙房的门口正向着月台，火车驶到小伙房前便停下了。中间的距离不过是几十步远的样子，火车上的情形都看得十分真切而且鲜明，甚至连开火车的人戴的什么颜色的帽子也都看得十分清楚。这时候人们便立刻纷纷议论起来了，差不多每个人都是为着它的速度和载重而感觉惊奇，火车的声音又是那么洪亮。一遇到这时候店主便从里屋走出来，他带着智慧的眼光向着每个人的脸上望一望。从乡下来的人他都认得，有一些是同他在田间共过甘苦的，可是现在他竟和众人显得有些不同了。他暗暗地讥笑着来看火车的人是如何的愚昧无知，因为火车在他的眼睛里已经变成平常的东西了。他显得十分高兴地叙说火车的特点，声音是怎样响亮，气力有多大，此外他还能告诉人们落扬旗是怎么一回事，车站上的人摆动红色旗是什么意思，摆动绿色旗又是什么意思。他还真真切切地从旅客的手里看见了车票，有了那东西便可以一直坐到北京。

"真的吗，张大叔?"别人称他作张大叔。

"是呀! 到北京才两顿饭工夫。"

被叫作张大叔的骄傲地笑起来了。

"怕不一定吧!"

"我要撒谎，我是众人的孙子!"张大叔似乎有些生气了，他摸着尖尖的额角又说下去，"从北京来的人也是这样说法。"

"那一定是洋鬼子兴的法术，他来坑害中国人。"

有的人故意问着张大叔的儿子，用手拍着他的头顶。

"保儿! 你看火车去呀!"

保儿想起可怕的火车已经吓哭了。

后来，火车来往的次数多了，乡下人便不再感到怎样惊奇，张大叔也渐渐地和乡下人疏远了。不久他的一部分产业从乡下搬到这里来，从此他就很少有机会再到乡下去。父子两个人孤孤单单地在这里生活着。两个人都不喜欢说话，他领着保儿一天一天地劳动着。早晨起来便生起了炉灶，自己到邻近的井台去挑水。他吩咐保儿看守屋子、添火和做一些别的琐碎事情。他挑水回来便开始做饭，烙烧饼，整理各样家具，等着从火车上下来的旅客。每天照例总有些主顾，花掉几个零钱来充实他们的肚子。晚间在这里住的人也是有的，因为下了火车天色已经黑了，不能再走路，于是便投进他们的小伙房里。张大叔殷勤地招待着，他吩咐保儿给客人倒茶水。

两个人很规律地过下去，生活中从没有发生任何的变化。从火车上下来的客人都有固定的时间，火车离开站他便忙起来了。没有旅客的时候也是有的。每到夜间小保儿便悄悄地掩上门，跳到板凳上放下两扇方块的窗户，把一盏矮矮的煤油灯放在桌子上。这样屋子里一幅庞杂的轮廓便映得十分显明，在屋子的南边搭着炉灶，旁边是水缸和面板，此外还有一些别的家具。屋子北边搭着一铺炕，那是专为旅客预备的。中间有一道小门可以通到东边的里屋去，那便是父子两个人的寝室。里屋很背静，可以藏着怕人看的东西，小门和店门是相对应的，坐在小屋里就可以照顾外屋的东西。一开始建筑房子张大叔就是这样打算的，他还想把这房子造得更简单一些，因为他料想到小伙房的前途并不能怎样发展。尤其是在夜里他总是想起来这房子是怎样不适衬，房顶是太低了一些，两扇窗户过于宽大，顶梁柱子又显得过于薄削了。有时候他把头探出来向着外屋地上望着，地上是一片黝黑的颜色，什么东西也看不清楚，于是他又把头转过来，注视着东里屋的窗格子，有一片月亮光落在窗纸上，那光是暗淡的，静穆中充满了一种深幽的情调。在夜间，一切的声音都平静下去。

躺在炕上，张大叔把他整个的时间都集中在幻想上，那是非常平凡的一种企图，他希冀着用怎样一种合法的手续去获得营业的利润。有时候他也想到田间的生活，从火车一直想到保儿的身上。只有等到脑子疲倦的时候，他才停止想象，闭上两眼睡去。突然有一种响声把他从睡眠中惊醒过来，他感到有些惊愕。浑身的筋肉微微地颤抖着，他侧着耳朵听下去，那远方的声音又开始震动了，尖锐的吼声夹杂着荒凉的低鸣。仿佛沙石击打着洋瓦的房脊一样，张大叔神奇地憧憬着，渴望着，甚至他有些迷恋那声音了。

不知经过了多长的岁月，每天晚上他照例是听见火车驰过的响声，还有纷杂的脚步声和喧扰声，从乡下赶来的大车咕隆咕隆地从门前滚过去。在苍茫中有几盏闪闪的灯光慢慢移向远方，这一切都告诉他，这小车站是一天天地热闹起来了，大街上新开了几家杂货店、布庄和药铺，小伙房也多了两家，房子比他们盖得宽大一些，外表也很像样，门前挂着种种奇异色彩的幌子，很能吸引住旅客的眼睛。于是张大叔的营业便一天一天地减少了。有时候一两天没有一个客人住宿，烧饼烙出来剩了一大半，旅客刚一到门口便被别的小伙房接去了。但是张大叔并不生气，也不嫉妒，他只是本分地做着自己的生意，每天照样地劳苦着。

张大叔渐渐地衰老了，但是保儿却长大起来。从乡下来的人都有些不认得他了，个子是那么高高的，平平的两肩配合着清瘦的脸庞，眉毛稀薄，嘴唇较厚。在性格上正像他父亲一样拘谨，不喜欢说话，整天低着头在劳动着。他最喜欢听旅客们叙说城里的故事，北京城里是怎样成立了洋学堂，洋学生是怎样的装束，军队是如何带着新武器……每当这时候保儿总是显得惊奇与不安，带着诧异的表情在低低地问着："机关枪什么样呢？想必也是洋鬼子兴的法术，像火车一样。"

"机关枪射出的子弹，比火车走得还快！"客人解释说，"将来你也许会看见的，那时候你就明白了。"

保儿没有再问下去，他希望有一天真能看见这些新奇的东西。他时常怀着一种莫名其妙的理想，他无时无地不在琢磨着，洋鬼子究竟兴的是什么法术呢？

一天，火车站上的旅客骤然多起来，小伙房里挤得满满的，张大叔烙的烧饼并没到晌就卖完了。旅客的脸上显出惊慌的神色。他们是从别处逃难过来的。人们纷纷地议论着，好像说军队快要打过来了，情况非常严重。

两天之后，消息终于变成事实了。一群一群的队伍扎到火车站上，背着子弹与步枪，高大的洋马拉着炮车，传令兵吹着号，大街上立刻紧张起来，闲人都躲避到屋子里，旅客也散去了。保儿扒着门缝向外探望，他推想那背在大兵身上的东西是不是机关枪呢？搁了一会儿，有几个大兵便来敲门，门板是一阵锵锵地响着，几乎要破碎的样子，在一阵马蹄声中掺杂着骂声。这时候保儿已经吓跑到里屋去了，张大叔担心地走出来开门，几个粗黑的小伙子已经闯进来了。

"我告诉你，给我们预备饭，要炖十斤猪肉。"

张大叔脸都吓白了，浑身的筋肉在抽搦着，脑袋也嗡嗡地响，很长时间说不出一句话来，似乎马上就要晕倒。一个兵不耐烦地狠狠地骂他："听见吗？要炖十斤猪肉，不要装混蛋！"

"老总……老总……"

张大叔向着几个兵作揖，声调颤抖着。

"你姓什么呢！"一个红脸膛的问。

"我……我姓张。"

"我不管你姓张姓王，炖十斤猪肉再说！"

"老总……老总……"张大叔非常可怜地哀告说，"这……是小伙房，向来预备不起猪肉……"

"没有猪肉也行，拿一百块钱来！"

这时几个大兵就到处翻找，把屋子里的家具都捣毁了，打折了张大叔的腿，抢去了他身上的钱，只有保儿算是逃脱了性命。

几年之后，小伙房里的老店主已经死掉了，保儿接替了他父亲的职业。保儿长大起来，别人都称他作张先生。他继承了父亲的遗产，照旧营业下去。此外他又雇了一个少年伙计，给他做一些零碎的活。保儿很喜爱他，那正像当年他父亲爱他一样，在旁人的眼睛里真像父子一般。伙计是那么年轻，而保儿却已经长出长长的胡须了。他两颊瘦削，粗老的面皮上，雕刻着一道一道的皱纹。保儿不喜欢和别人说话，也不嗜好什么。他的手艺是他父亲生前教给他的，他遵守着固有的习惯，小伙房里的规矩一点也没有改，像他父亲活着时候一样。两个人冷清地过活下去，夜间便听到那沙石落在洋瓦上叮当的声音，在人静的时候，一片溶溶的月光铺在窗纸上。这时候那一幕一幕的回忆都涌现在他的心头，他还能记起父亲当时的相貌是怎样的温存、沉毅，闪着慈爱的光辉。每天早晨总是用那温和的声调呼唤着他的名字，用一只大手在他头上抚摸着。晚上他安静地倾听着旅客们讲述的各种奇迹。现在还有什么能算作奇迹呢？火车已经看得厌倦了，火车站上长期驻扎着的大兵令人畏惧而厌烦，机关枪也不算新奇了，在几十年生活的过程中，他经历过许多战争、政变、天灾，新的衙门一年年多起来，而国旗又是一次一次地变了颜色，随着变色的国旗捐税也加多起来。无论小伙房的营业怎样，每日总要拿出几笔捐税，有些时候他简直不能应付过去，于是尽量从自己的生活上俭省下来。他吃着最贱的饭食，穿着最粗的布衣，整年不戴帽子，被子是自己粗针大线缝的，虽然到了省无可省的地步，生活依然过得很艰难。他的小伙房获利很少，他不忍得在旅客的身上敲多少钱。比较熟悉的一些人可以在这里记账，但是记完账便永远不来了，他也不表示什么，也不托人去催要，但是另一个熟悉的客人仍旧可以记账，他连一句也不说。

乡下人到火车站上来就顺便走进小伙房里望一望，当年的张大叔已经死掉了，不过张大叔亲手盖的房子仍旧是原来的模样，地上的家具仍旧是摆在原来的位置上，两扇方块形的窗户仍然是旧日的形状，只是颜色有些不同了。屋子里所有的东西全被炉火熏成老黑色了。棚顶上糊满了密密的尘垢，墙上的泥皮一层一层地堆积着，从剥落处可以发现年代的轮廓，已经是很悠久了。人们自己的变化也很大，面孔对着面孔有些陌生了，这时乡下人就惊愕地叫起来："你不认得我吗？我认得你，你的小名叫保儿，张大叔和我一块做过活，他的脾气我都知道。"

乡下人感慨地形容着他的父亲身材有多高，说话是怎样一种声音，走起路来是怎样的姿势。

"对呀！……"他讷讷着，神情有些黯然了。

"张大叔怎么死的呢?"乡下人同情地问。

"被大兵打折了一条腿,瘫在炕上,后来便死了。"

"可怜的。"乡下人用手摸着他自己的胡子,"头一次我看火车来到这里,你的年纪很小,有一回我说带你看火车去,你竟吓哭了,你不记得吗?你还记得从乡下搬到这里的情形吗?现在乡下的人家都穷了,财主也穷了。闹土匪,粮食又不值钱,简直没有好日子过,听说日本兵又打察哈尔了。"

"是呀,从火车上下来的人都这样说,小伙房里的买卖也不好。"

"你还听到什么消息呢?"

"有人传说日本兵占了北平,北平就是从前的北京。"

"总是没有好日子过的!"

乡下人抱怨一顿便走开了。

一九三五年的冬天是一个最冷的年头,整天刮着北风,气候十分严寒,路上的旅客渐渐地断绝了,从乡下赶来卖粮食的大车也很少。这时候小伙房里的营业越发显得萧条了,早晨烙的烧饼整天卖不出去,住店的人也极少,有的人跑到小伙房里站一站便走开了。乘火车的人只是问着火车开来的时间,而不肯轻易买一点东西吃。火车站上别的营业也不见得好。似乎路上行人的面孔都是愁苦的,垂着头,十分颓靡的样子。沙石照旧是落在洋瓦片上叮当地响,大风暴在旷野里呼啸,电线杆子在呜呜地鸣叫,一种幽怨的调子布满了人间。

屋子里很寂静,房门是长久地闭着,两扇方形的窗户已经陈旧不堪了,有几条木格子竟脱落下来,窗纸被煤火熏成乌黑色。光线十分暗淡,棚顶上的一片黑色似乎在向人们的头顶上垂坠着。在墙的一角熊熊地放着火光,人们的眼睛都被那熊熊的火光所吸引住了。有时候两个人在屋子里都沉默着不说话,焦灼地踱着脚步,人的影子在地上晃动着。

一天,伙计从外边跑回来,神情显得异样惊慌,脸色变得惨白,声音沙沙地颤抖着。

"北平……北平……"

"究竟是怎么回事呀?"他的声音也有些发抖了。

"北平大乱,关了城门。"

"关了城门?"突然他惊讶地叫起来,"怪不得这几天客人这样少。"

"北平大乱。"伙计又把他的话重复了一遍,"城门关了一天一宿,怕洋学生里外通气。"

"怕学生干什么呢?"

"洋学生要打日本!"

"打日本?"他从地上惊愕地跳起来,"他们有枪吗?打日本的只有×××的大刀队在北口冲锋。"

"不!别人说,×××和日本勾搭上了,专打学生。"

"怎么!×××也和日本勾搭上了吗?"

消息是越发传得普遍,小车站上简直轰动起来了,每个人似乎都感到不安起来。人们聚集在一起谈论着,叙述着,脸上满是惊奇与不安,仿佛事情严重到万分。尤其是一些货店和小伙房,他们时时担心着他们营业的前途,他们恐惧战争的发生,甚至他们听到汽笛的鸣叫都感到有些可怕。每天早晨铁轨上过着成串的列车,飞转的车轮轧轧地在结冻的大地上震动。过些时候声音便消失了,照例地是有几个旅客从月台上走下来,提着物件走进小伙房去。

北平的消息就是这样地带到小伙房来,张大叔的儿子开始忧愁着,阴沉着脸色,在地上焦灼地踱着脚步。因为他在思索什么竟忘了和旅客打招呼,有时候他愕然地从半意识中惊醒过来,于是他又听旅客滔滔地讲下去。一些新的消息吸引住了所有人的注意力,人们在专心地倾听着,有时候插两句问话,问到北平的学生如何向大刀队冲锋,日本兵是怎样占据了丰台,张大叔的儿子是听众中最热心的一个人,他紧紧皱着眉头,每当听到不幸的事情,他必定惊讶地叫着。

"天哪!那是怎样厉害呢?"

因为他的心里过于恐惧，致使他的神经在悸动着，浑身仿佛麻木了一般，很长的时间没有说一句话。他站在地上痴迷一般地回想着，他想起他父亲临死前的一幕惨剧：一个受了创伤的人躺在地上呻吟着，脸上涂着血迹，他抱着父亲折断的腿痛哭起来。以后，他永远忘不掉这种可怕的印象，仿佛在他的脑子里雕刻成深深的痕迹。

一天，小伙房里突然来了两个学生。早晨的火车还没有驶进来，伙计上街买菜去了，屋子里显得冷清清的。张大叔的儿子正站在炉子旁边发呆，他的两只疲涩的眼睛正对着熊熊的火焰凝神，似乎有些疲倦的样子。突然他听到有脚步声从外边走进来，渐渐地逼近，而终于有两个陌生的面孔出现在他的眼前了。在起初，他感到愕然，甚至有些不安。他带着一种好奇的神情向着两个陌生的人凝视着，他揣摩着两个人的来历和两个人奇怪的服装，几乎他把两个人穿的鞋也都看过了，于是他不安地点着头。

"先生，你们在这打尖吗？"

"不！"高个的学生说，嗓子沙沙的。

"那么，先生……"他的声音显得有些不自然起来，"你们不愿意在这里打尖吗？屋子里实在肮脏。"

"不是这个意思。"高个的学生又说下去，"我们打算在这里订烧饼，晚上来取，最好不要耽误。"

"要多少呢？不耽误！"他的两眼闪着神奇的光。

"就订五百吧！"

"天哪！五百个吗？"

他大声地叫着，他简直被这个数目惊骇住了。天哪！是五百个吗？他发狂地跳起来，他简直不能相信他的耳朵了。自从小伙房营业以来就没有遇到过这样的主顾，他狂喜得什么似的！可是，在另一方面，他又有些疑惑，他悄悄地向前迈着脚步。

"先生，你们是订五十个吧？你们两个人怎能吃得那么多？"

"我告诉你做多少，你就做多少，到晚上一定来取。我们是从北平出来宣传的学生，有一百多人，大队在后边，你懂得吗?"

"我懂得，先生!"

两个学生终于走开了，他紧紧地跟出去，当他走出门外便停住了脚步，于是他很热诚地喊着那两个人。

"先生! 先生! 可一定来呀!"

大街上又开始骚动了，仿佛有什么新奇的事情又将发生。有的人特意跑到小伙房来问消息，张大叔的儿子正在忙着烙烧饼，他骄傲地举起五个手指头给别人看。

"就是这些个，五百。"

伙计从街上回来了，这时候已经证实确有一百多个做宣传的学生来到，他们已经到附近的小学校去了。过些时候，又有人叙说那一百多人是怎样在小学校里讲演，喊口号，人们简直已经听到那怒吼的声音了，那声音似乎把整个的人间都震动起来，在小伙房里听得特别清晰，他想到那一百多人就要到来了，于是他把工作加紧起来，伙计屋里屋外地跑着，炉火正燃烧得发光，屋子里立刻充满了活泼的生气。

今天，张大叔的儿子显得有些高兴，他的脸上出现了笑容，连皱纹都已舒展了，头是仰着，一边工作一边唱着歌，他的两片嘴唇轻轻地启动着，有时候他竟像小伙计一样跳起来，似乎忘记了他自己的身份和年纪，忘掉了过去营业的萧条。仿佛一个兴隆的日子就要来到，他简直望到新的光明了。两个学生临别时的话语还依稀在他耳膜中波动着，那是怎样使人感到兴奋哪! 他的情感激动起来，再没有一种东西可以形容他的狂喜。

下午三点钟，远处的喊声又起来了，那是非常激昂的，愤慨的，似乎有多少人在一起厮打。过些时候，那一片混乱的声音逐渐转到大街上来，纷纷地骚动着。伙计忍不住跑到街上去了。屋子里只剩下他一个人，他不安地踱着脚步，凭着门缝观望着。他时时防备着会有什么不祥的事情发生。他停下了手中的活计，不安地等待着，潜听着。突然，伙计带着可怕的面孔走回来，他的神情显得异样，脸色吓得惨白，拉开了嗓子讷讷地迸不出一个声音。这时候张大叔的儿子也被惊吓住了。

"怎么回事呀？"

他的态度显得焦急而且恐慌，他用手使劲地摇着伙计的肩膀，几乎要把伙计推倒了。

"你说呀！究竟是有什么事情发生了呢？"

"你没听见吗？你……"伙计吞吞吐吐地说下去，"方才来了一批便衣队，把小学校围住，和北平的学生冲突起来，打了两个学生，抢去了大小旗子和传单，省府委员和县长都来了，说是要解散他们……"

"怎么，解散他们吗？是这样情形吗？"他的声音颤抖着。

"是要解散他们！"

"那么这五百个烧饼呢？天哪！"

他简直不能再问下去了。

天色黑下去了，外面十分寒冷，沙石打着铁轨吱吱地响。大街上显得异常冷清而且严肃，零乱的灯影在街道的两旁摇晃着。这时候张大叔的儿子正坐在凳子上痴想，疲倦地打着哈欠，他的两眼在枯涩地合拢着。突然他听到呐喊声又从远方响起来了，渐渐地逼近了，声音也越发高昂了。

"打倒日本帝国主义！"

每一次呐喊之后，他的心必定跳起来，他浑身的血液在翻滚着，因为他晓得许许多多的学生快要走过来了。这时，大街上已经有些纷乱起来，有很多的人好奇地跑到外边观望，但当学生的队伍到来时，气氛变得严肃起来，道路两旁的人不由得跟着学生一起喊口号，并且跟着队伍走下去，络绎不绝地联成一支大的队伍，慢慢地走上站台去。

大概没有火车的缘故吧，许许多多的学生又从站台上折回来了，他们一径地投入小伙房来。

小伙房里凭空增添了许多人，立刻显得拥挤起来，有的坐在炕上，有的坐在凳子上，站在地上的也有。人们在快活地唱着歌，抢着烧饼，嬉笑声和盈盈的欢语充满了这个有生气的空间。这时候张大叔的儿子正在忙着做片儿汤，炉火放射着红色的光芒。他的两眼对着火花一闪一闪的。他的心里是说不出的一种欣喜和愉快，从这些学生给小伙房带来的欢快的气氛，他联想到大兵的粗蛮，他的父亲不是在大兵手里送了性命吗？

屋子里似乎要比往日光亮了许多，灯火和炉火衬托出屋子里一幅庞杂的轮廓，方块窗户上显出一片苍白的颜色。这时，忽然有一簇簇黑色的影子在外边晃动，汹汹地嚷叫着，似乎有许多人在那里骚动。有几个拿棍子的家伙已经从门口挤进来了，戴着小帽，头上围着白手巾，瞪着眼睛向屋子里的学生嚷叫着。

"你们是什么人？"

"我们是北平来宣传的学生。"

答话是站在离门较近的几个学生，屋子里一下子静下来，所有的注意力都集中在门口。外边的恶棍不断高声地叫喊，好像一群野兽已经开始了怒吼。

"你们到底是什么人？"

"是学生，方才已经说过了。"声调里激愤夹着战栗。

"学生，有凭据吗？你们是土匪。"

屋子里所有的人都呆住了。这时候张大叔的儿子惊惶地站在炉子的旁边，他的面孔变得煞白，一句话也说不出来。可是外边更叫嚣得厉害了。

"你们当中有土匪，出来！不出来就是土匪。"

小伙房里的人们都在愤怒地注视着，眼睛里放射着敌意的光芒。

"你们真的不出来吗？"外边的人又开始咆哮了。

"不出去！"小伙房里的人群怒吼了。

突然，几十个人从门口冲进来了，举着棍子不住地揪打着，打到人们的身上，脸上，靠着门的人已经退下来了，小伙房里立刻纷乱起来。有的人很机灵地拆下了桌子腿、椅子腿，拿起当作武器打上前去，外边的人终于抵挡不住退出去了。接着外边的人又第二次打进来，小伙房里的人拼着死命抵抗着，外边的人又被赶出去了。这样搏斗着足有很长的时间，外边的人知道不能胜利，尽量地叫骂着，用棍子打击木格子窗户，从外边抛进砖头来，窗户已经被打得粉碎了，只听得一阵砰砰的响声，搏斗又开始继续下去。

"好！告诉你们实情吧！"从人们的吵叫中透出一个厉害的声音，"我们奉上司的命令解散你们，你们还敢喊口号，唱歌。"

"给他们浇水呀！"又来了第二次威胁的命令。

水从破碎的窗户中泼进来了，流了一地一炕，溅到人的身上。屋里的人也利用别的东西向外掷着，碗和家具都飞出去了，有人拿锅盖堵着窗户。小伙房里的面貌已经完全变样了，情形非常凄惨。张大叔的儿子站在火炉子的旁边呆呆地望着这一切，他的神经在可怕地颤动着，眼前是一片昏黑。突然他望见一片火光在窗户上燃着了，这所小伙房马上就要焚化了。这时伙计跑过来把窗户的火浇灭。于是无数的棍子又照旧打进来。

"天哪！究竟你们要打多久呢？"

张大叔的儿子在可怜地叫着，差不多快要哭起来了。他的脸色显得那般恐怖而且难堪，他的浑身的筋肉在莫名地颤抖着，那正像他父亲打折了腿的时候一样。现在虽然不是打折了他的腿，但是他的腿已经瘫软下去，几乎要跌倒一般。屋子里所有的东西都糟蹋不堪了。但是外边的人正打得汹汹有劲，难听地叫骂着，而且越发凶恶了。

几分钟之后，学生们终于一个人一个人拉着手走出去，低垂了头，脸色是那般颓伤而且难堪，沉默着不说一句话，像囚徒一般被带到远方去。夜色弥漫着人间，只听得一片脚步声在黑暗中消失下去。

小伙房自从遭受这一次灾难之后，越发显得冷落与萧条了。

一九三六年二月九日

演习之后

　　自从日本兵演习之后，村子里越发显得荒凉了。围绕着房子的篱笆被拆得稀烂，村前的白菜地踏得平平的，苍黄的叶子脱落在垄台上。人们可以从那里寻到马蹄的痕迹、凌乱的脚印以及被车轮轧成的深坑，于是许多的传说都从那铁的证据上发生了。人们似乎经过了一次突变而转换到另一种生活。另一种生活的意义，那是不可用言语形容出来的，仅仅能让人意识到那究竟是怎么回事，怎样在每个人的心里长成悲哀的羽毛，这种羽毛在王二奶的心里尤其长得特别坚固。

　　王二奶的名字已经成为普遍的称呼了。在这称呼里似乎含有一种尊敬的意味，年龄老大和为人的高尚引起了全村人的敬仰。王二奶奶过着清贫的生活，她安适于被环境所限定的命运。虽然有几次她对于自己的命运起了反抗，甚至她为着一种仇恨的对象咒骂通宵，但是过些时候有许多坚强的意念把她的情感克服了。她知道做人需要有更大的努力，更大的修炼和决心，几十年的生活体验使她明白了怎样去爱人，她可以把她的自私情感移到每个人的身上。几乎村子里所有的生命，每一个被灾难蹂躏的人，都引起了她的好奇心，她赞美着，她同情地抚摸着孩子们那秃光的头顶，细心地去问着他们家庭间琐碎的事故和遭变的过程，她尤其是喜欢讲起日本兵在乡间演习的故事。别人讲起时，她也都注意地倾听着，忘记了自己的饮食和疲倦。有时候曾从她的粗皱的嘴唇中露出一点微笑，或者是在她脸皮上表现出一点肤浅的表情，但是经过一些时间便收敛了，于是她永远地陷入缄默之中。

王二奶奶的年纪并不算老，她还有记忆各种事情的能力。她精密地分析着，在夜里她常常围绕着某一种不可解脱的观念而焦心、苦恼。甚至她不可理解自己在做些什么，过些时间她的意志又从一度迷惘中恢复了，她清醒了，同时她感觉到有一种更大的力量抓住了心。她想起来简直有些可怕，甚至使她的浑身发抖，她痛苦得说不出一句话，几乎她把所有的动作都停止了，她压制着自己潜伏的情感，她竭力地不想什么，甚至和她思想相连的东西都不让它钻到脑子里。她静默着，从一点钟一直持续到四五点钟。倘要被某一种声调惊扰，她就愕然地注视着，呆望着，她的神经随着声调延长开始了波动。经过了一些时间她开始想象声调是怎样发生的，传来的方向以及那声调所附依的物体。甚至她疑惑有什么东西在院子里作祟，故意地恐吓她，但是她并不感到怎样恐惧。第二天她走到院子里检查外界的变化，细心地观察着，她谨慎地从篱笆下捡起了落叶，似乎每一件最小的物件都逃不过她的视线。她更喜欢走上土岗眺望远方的风景。从她那昏花的眼睛里可以望到那矮矮的土墙、房脊和木板。自然有一半是她自己的想象作用，但是无论从哪方她都可以证明那附近的土房的确住过日本兵，门墙已经拆得坍塌了，一种消沉而寂静的气息流荡到乡间，她知道这个乡间已经变了。

关于这种事情在许多人中风行着传说，甚至在刺激人的神经。但是王二奶并不感到怎样惊讶，她冷静地思索着，有一种不可动摇的力量坚定了她的信心。她并不觉得有什么稀罕，日本兵在她的脑子里变成一种平凡的印象，炮车，机关枪，旗，一切的东西她都觉得庸俗了。当人马杂沓拥进村子来，她一点也没感到惊恐，有两次她特意跑出去看日本兵，她注视着每一个日本兵的面孔，她呆傻了半天。她慢慢地退回来，她感到一种心理上的满足，似乎她对于自己的生命已经有了新的启示，新的启示在引导她，一直持续了几天她没有把那印象忘掉。

"王二奶奶，你在想日本兵吗？"

一天，本村一个叫保三的小伙子走到王二奶的跟前，他非常虔诚地对王二奶奶发出了疑问。但是王二奶奶只是茫然地向着他望着，仿佛在窥探着他的心情，小伙子惊愕地退在一旁，他一面注意王二奶的表情，一面加重语气喊着。

"他奶奶的，孙子才不打日本。你看哪！王二奶！日本兵演习把人全坑了，全坑了。棉花和白菜全完了，房子又弄得这么破。"

"那么……保三，北京城……"

这个话题似乎引起了王二奶的注意，她兴奋地颤着嘴唇，在她的声调中带着几分颤抖。她激动地摇着手掌，似乎她迫切地需要着一种新的东西，一种新的知识。

"保三，那么北京城怎样呢？"

"王二奶，北京城也有日本兵演习。"

"北京城日本兵也敢演习吗？"

"是呀！王二奶，日本兵并且杀了中国人。"

保三愤慨地加强了语气说，他的声调似乎有些响亮。但是王二奶已经沉默着了，她不知怎样把问题继续下去。有两次她竟要坚决地离开这里了，她简直是感觉到有些可怕，在她的心理上引起一种强有力的反应，她的浑身开始了一阵颤抖，经过了很长的时间她才恢复固有的状态。但是在她的心理上所遭受的创痕越发深刻了，那深深的创痕和她的思索每秒钟都联系在一起，似一块沉重的累赘在有力地压迫她，使她不能解脱。

不知是什么又引起她的好奇心，她迫切地需要着一些人所不知的常识，似乎她身上的每一个细胞都被刺激得兴奋、激昂与发狂。她凝神对着保三的面孔注视着，从她的眼睛里不停地放射着慈祥的闪光。这目光是那样富有吸引力，她明白她是怎样给予小伙子的生命一种暗示，暗示出她的理想，那是她不能用言语述说出来的一种志愿。走到这个世界来，她便带着一颗高贵的灵魂，许多许多的生命都被她那慈祥的闪光所征服了。她在人类的心间灌注一种伟大的同情，她鼓动每一个卑劣的灵魂走上健康的道路，用他们的生命力去反抗敌人。对于保三，王二奶又别具一种信心，王二奶清楚保三的为人，她知道他的性格和生活，有一个时期她曾经把保三当作她心理上的模特儿，但后来便消失了。她仍然幻想着，她憧憬着，每一次她都是在流连地唏嘘着。

"鬼子才作恶呢！"

"是呀，王二奶，作恶的是洋鬼子，日本兵！"

"日本兵！"

王二奶带着沮丧的心情喃喃咒诅着，一种新的理想又在她脑子里闪现了。

"人们对于日本兵怎样表示呢？"

保三用他自己的简单知识做了解答，并且述说了日本兵演习的暴行。一种可怕的新闻引起了王二奶的注意，她集中全副精神在倾听着，有机会她竟插两句惊叹的话语，再不然她就是发狂地喊叫着。

"保三！日本兵竟干出这样勾当吗？"

"是呀！王二奶。"保三自然地回答着，搓着两手。

"好残忍！"

"是残忍呀！"保三带着一种恐惧的心情说下去，"有一个不识字的庄稼人，走进了日本兵演习的地方，当时被枪毙了！"

"枪毙了！在什么地方呢？"

"在朝阳门外，可是报纸没敢登。"

"报纸没敢登，为什么不敢登呢？"突然，王二奶的情感发生了激变，有一串沉痛的声音都从她的胸间爆发了，她不可遏止地在呼喊着，"朝阳门外不是中国的地方吗？为什么在中国地方杀中国人？为什么？为什么呀？"

这个问题很有力地抓住了她的心。当日本兵杂沓地拥过来时曾经使她陷于迷惑，不过她现在很是清醒，她能分辨出站在她面前的是怎样一个人，一个可爱的青年人。这时候她故意地阻止青年人的谈话，开始了她的议论。

"保三，你明白日本兵为什么到乡下来？"

保三沉默着，于是王二奶又大声喊起来："保三，你明白这意思吗？日本兵！"

"我不明白吗？王二奶？"保三反问着，他把惊慌的脸色转向王二奶那里，"就是这回事，日本兵有心占北京城，可是……"

"可是什么呀？"

王二奶似乎有些焦急起来，她带着一种沙哑的声调问着，她明白在保三所说的"可是"下面另有一种含义，可是保三却忽然沉默了。

隔了一会儿，他们的谈话又转向了另一个题目，似乎保三有意避免和王二奶谈到某一种问题。他知道王二奶的心灵为什么受了创伤，他不忍得使王二奶从她的回忆中想起了种种的不幸，他有权利那样做。可是一个偶然的机会又使他讲起日本兵。

"保三，日本兵演习还有别的伤害吗？"

"有哇……"保三的声调有些疲涩，似乎不愿说下去。

"那么，朝阳门外的庄稼人白给日本兵杀死了？"

"自然白给日本兵杀死了。"保三耸耸两肩费力地说下去，"在三号演习的那天，日本坦克车经过朝阳门，一个小学生高声地喊着：'打倒日本帝国主义！'日本兵把那个小学生抛到坦克车底下便碾死了，这该是多么残忍哪！"

这时，保三难以把他的叙述继续下去了，他感到一种重量的压迫，使他窒息着，当他讲起小学生被碾死的时候，几乎已经在哭泣了。但是王二奶始终在镇静地听着，她若无其事地在观察着保三的脸色，他的声音正是从心灵中迸发出来的。当她观察到保三的脸色转成了阴郁，她的心已经急促地跳动起来，似乎她要不顾一切地奔跑，有几次她竟觉得自己有些发狂，她体验到人生中更深一层的意义，一切的理想都显得分明了。

保三的脸色仍旧是抑郁的。她为保三不愉快的表情感到有些难受，她悄悄地向前走近了一步，她终于忍受不住了。

"保三，你为着小学生的死亡悲伤吗?"

"自然……"保三几乎不敢说下去。

"你为什么要悲伤? 这正是那个学生的光荣，也是我们所有中国人的光荣，我们要喊一喊，我们要在敌人的面前大声地喊: 快枪和坦克车我们是不怕的，它不能征服每一个中国人的心。我们中国人的心都要死掉了，那是多么可悲伤啊! 那简直是我们的耻辱，难道我们承认自己当了奴隶吗? 咳! 奴隶，这是多么一个难听的名词，凡是有良心的人如何会忍受这种侮辱!"

自从那天之后，王二奶便不肯轻易走出来，她孤寂地生活着，在她孤寂的生活里灌注一种人生哲学，一种对于做人的伦理观念。这观念永远不能为任何的思想所动摇，所破灭。她把这观念奉为经典，一直遵守下去，无论物质生活怎样窘迫，她的意志始终保持固有的坚强。几乎她近于偏爱和固执了。

王二奶的房宅建筑在一面沙砾积成的山冈上，房前摊着成捆的干草和残败的落叶，枯枝、纸屑堆积在阴暗的墙角。靠着墙角是一片疏篱，经历风雨的侵蚀被摇得零落了，在它的右面环绕着弓形的土壕。在深秋里，土壕上的杨树叶子发出窸窣的声音，它带着一种凄苦的韵调向着旷野漫散着，甚至经过很长的时间仍旧在王二奶的心里摇动着，她简直被那声调所迷惑住了，于是她不知所以地从屋里走出来。悄悄地，悄悄地，一直走出了篱笆的阴影，仰起了头，于是她开始向着土壕上的杨树凝视着，缄默着。早晨的阳光对着她的面孔显示出可爱的象征，她乐于接受那种刺激，她恍惚忆起是怎样一种情形了。

窸窣的杨树叶子声已经停止了，大地里显示出死寂与消沉，仿佛宇宙经过一次大的劫变之后，一切美丽的景象都破灭了，虽然在王二奶的心里依旧在梦想着往昔的光荣，她向往那温柔和平的日子，人们都在快乐地歌唱着，感受着生活的美满，没有一点恐怖来扰乱人们的心。王二奶还能追述起过往的时光，她的记忆深入一个遥远的年代，在那年代中有幸福的歌谣记载着黄金的童年。

　　然而，悲哀的日子来到了。虽然有时候她对于生活仍旧很达观，她尽量不去想，也不去观看外界的现象，但是她一听到那窸窣的声调，心灵便立刻颤抖起来。在深夜中，她疑虑有枪刀的激鸣，马蹄声和旷野里车轮的震动。她明白，幸福的日子已经被那车轮轧得粉碎了，枪刀刺入了人的心，刺入了所有奴隶的心。人们匍匐在铁轮底下倾轧着，呼喊着。这呼喊声把她从半意识中惊醒过来，她眣了眣眼，努力地在镇静着，但是她的心仍旧在狂跳，仿佛有一种预兆在警戒她的生命。她愤怒而且惊慌，她恼恨地想要摒弃一切的念头，但是她的脑子终于被某一种影像征服了，那个小学生的面孔时时浮现在她的心头，那正是当他被日本兵抛在坦克车底下的时候，当他反抗而且求救的时候……突然，一切的影像又从她的心头消失了，她感到一种昏乱、凄迷与紧张，她的呼吸被堵塞住了，她几乎要哭出来，她喊着，她的嗓子已经沙哑了。每一次她听到"打倒日本帝国主义"，她的浑身筋肉就开始强烈地震动，因为她已把她的情感灌注在被杀害的小学生的生命之中。

　　之后，小学生的面孔时常跑到王二奶的心里来，她更记得村子里被日本兵蹂躏后残败的景象，每一件被损伤的物体她都觉得非常爱惜，她摸抚着，表示出极端爱护的心情。她担心地问着每一家被伤害的情形。有时候她更孤独地走到大门的前边，细心地观察着板障怎样被拆得稀烂，在广阔的平原上印着马的足迹和被车轮轧成的深坑，肥大的白菜被马蹄子踏得凋零，她观察之后便长期地缄默了。她由那许多景象想到保三的身上，想到小学生的身上，想起走进日本兵演习区那老年的农民。

　　在夜里，她又听到杨树叶子窸窣地响起来了，一阵一阵地，仿佛有无数的鬼魂依附于杨树叶子在作祟，哀怨地嘶叫着，她听着听着，神经已经发抖起来了。有几次她竟不相信自己的耳朵，于是打开窗户倾听着，窸窣的杨树叶子声已经停止了，远远地望去只是一片高耸的屏障，似一张雨伞一般地遮住了星空。在黝黑的漠漠的原野上，唯有死寂的渺茫。约有三点钟之久，突然有一派火光从渺茫中浮现了，模糊不定地滚向黑影中去。在起初，王二奶感到有些愕然，惊疑与不安。她凝视了良久才敢确定是怎么回事，她推测着灯火射来的方向。似乎那个地方她曾经大胆地穿过，那正是她离开家的一个晚上，在灯光下她几乎迷醉了，打着寒战，一切的恐怖都向她的生命袭来了。

她是怎样走到那里的，王二奶始终不曾明白，她记得当时的意识有些茫然，在一阵急促的枪声后她便逃出了村庄。那种恐怖、惊惶，几乎是她有生以来未曾尝受过的，以后王二奶又从外面逃回来。但是她家里的东西已经丢失了，留在院子里只是一堆堆的乱草、垃圾和马粪。屋子里被刺刀扎得稀烂，使用的家具全都被损坏了。王二奶还听到一些更悲惨的消息，更残酷和更野蛮的暴行，人们普遍地在传说着，恐怖的情形变成了历史的陈迹，人们述说演习的故事渐渐已经不算新鲜了。

当时的情形只有王二奶记得最清楚，最逼真，她所得的印象也最深刻。她能够记起日本兵的相貌。他们的行动，攻击和演炮的姿势她都一一记在心里。在当时她似乎有一种愿望，其实那是很简单的。就是她要把她记忆的故事对每一个人说一说，说得格外动人，让人们常常把这个故事背诵，永远不会忘记。这样她便满足了。

有时候，王二奶竟变成一个孤独寡言的人，她不喜欢和别人说话，她更不愿意述说自己失去了什么东西，虽然在心里她感到非常痛惜。有时候她的神情却显示出异样的悲伤，似乎她为了某一种不曾实现的理想而苦恼着，但是没有一个人知道她的心情，也没有人知道她需要什么东西。有两次，她抱着少年的头亲吻着，那小孩被这过分的亲热吓哭了。她唱着饱含希望又有些忧郁的歌，过了一些时间，她又冷静下来，她冷静得把自己都给忘掉了，她抑郁着，在她的生命上染有一片灰暗的阴影。

"王二奶！你瞧哇！"

一天下午，保三闯到王二奶的面前，第一句便喊叫起来了。保三的神情似乎有些惊恐与不安，摇着两手，在他的脸上布着可怕的阴影，他指给王二奶看天空中飞的东西。

"你瞧哇！就是那……"

王二奶已经看出那是一架飞机，她又听出了从飞机上所发出的声音，她想更留心地注意一下，可是那黑的东西已经从她的眼前消失了。她怅然着，有一种灰色的观念投入她的记忆中，她的浑身陷入可怕的颤抖。

"王二奶！"保三带着一种兴奋的语调叫着，"那是飞机呀！"

"是飞机呀！日本飞机。"王二奶的声音在战栗着，她的神情有些激愤，"又是日本兵演习吗？"

"不，王二奶，那是中国的飞机。"

"怎么？天哪！那是中国的飞机吗？咳！那是什么意思呢？你说呀，保三？"

保三苦着脸色，他在想象着怎样应付王二奶的问题，在他的面孔上露出难得的一点微笑。

"什么意思，谁知道，我们看着吧！"

"我们看着吧！总有那一天，我们中国飞机跑到日本兵营里去投炸弹。保三，你不相信吗？我们中国人不是全死了！那个小学生不是可以喊一喊吗？咳！保三，你说那是什么意思呢？关东城不是被日本兵占了吗？许多老百姓都不服，离开自己的家去当义勇军。我们河北省已经和关东城没有两样了！为什么日本兵在我们的地方演习呢！占了我们的房子，损坏我们的东西，我们祖先的坟墓也都被他们玷污了。这是我们多大耻辱呢？为什么只有一个小学生喊一喊，难道人心都死了吗？"

王二奶因为说得过于激愤，她流下了眼泪。但是过了片刻，新的希望又从她的心头浮现了，她为着未来的光明而憧憬着，仰慕着，她虔诚地祈祷着。有时候她竟高兴地喊起来，她的两只眼睛闪烁着胜利的亮光。仿佛她的灵魂已经走进另一个世界，一个新的时代。

"保三，你知道中国有多少飞机?"

沉默了一会儿，王二奶终于又被好奇心所鼓动了，她急匆匆地询问着。

"大概……"保三不敢确定地说着，"大概有一千多架吧。"

"那么，中国也有坦克车吗?"

"有的。"

"那么，大炮呢?"

"全有，王二奶。"

保三简单地叙述了中国陆军的数目，十九路军和二十九军抗战的历史，学生运动。王二奶不禁为光荣的战史所迷惑，她不知怎样形容出自己的心情。

"那么……"

王二奶仍旧在打听着，她非常迫切地在等待什么。浑身好似被野火燃烧一样，她再不能忍耐下去了。

"那么! 保三，你听说有打日本的消息吗?"

"没有!"保三肯定而失望地回答着。

"没有……"王二奶重复着，微微地启动着嘴唇，"天哪! 难道我们能够忍受吗?"

"我们不能忍受的，老百姓和大兵将会不听命令自动起来反抗! 看着吧! 王二奶，总有那一天。"

保三终于踉跄地走开了，但是在王二奶的心里却留着一个希望，她坚信着会有那一天。她恍惚间好像看到那一天了，一切做奴隶的人们都从那一天开始解放，恢复了自由，除掉侮辱与压迫，幸福的日子在人类的生活中记载了。那时候她可以自由地去做工、享受，财产和工具都是她自己的主权，没有一个人敢驱逐她到外边去，损坏她的田产。残暴者将消失了他狰狞的面孔，枪声沉寂得没有一点余音，炮车、坦克不复在村子里出现了。那时候大地里也许比现在还要寂静，还要深沉。星光冷落地照拂着每一家院墙和木门。但是一切的东西都从破坏中建设起来了，崭新地建设起来了。那正是代表一种新的生活开始，人们将在愉快中把恐怖的故事忘掉，星光沐浴着大地显示出异样的静穆、温存，瓦砾的屑片被人踏到泥土里去，永远不见阳光，历史的陈迹人们再不稀得传述了。

那一天究竟是什么时候开始？王二奶不免苦恼起来了。每一次她看见从城市里回来的农民都是苦恼着脸色，咒骂着，传说着仿佛一种新的恐怖又降临到人间，对于演习的消息尤其炽热。统计被损伤的庄稼，讲叙牲畜和人命怎样受了灾害，日本兵怎样无情地投掷着炸弹，人人都记得，人人更感受着被迫到外乡流离的痛苦，人们的财产受了重大的损失，有的人家所有的粮食都让日本的洋马吃掉了，窗户被刺刀扎得破乱。在冬天里，北风使劲地吹到屋里来，小孩子饥饿得哭叫着，人们听到了那窸窣的杨树叶子声感到无限的哀伤。

心理的压迫比物质的损失还要重大，至少王二奶是这样感觉到的，她深深地感觉到有什么东西在压迫着她的灵魂，但是她并不曾说出口来。有几次，她都是因为期待着未来的理想而解脱了，她的灵魂已能进入深远的境界，在缄默中她感到一种满足。王二奶非常刻苦地生活下去。刻苦地生活下去，这是她做人的第一个条件。虽然有时候还能想起某一种印象，但那仅似一幕悲剧从她的脑子里闪过去，已经很淡漠了，淡漠得使她说不出话来。

宣传队到乡下来了，距离演习的事件刚刚过了几天，人们沉湎于恐怖的气息里，居然被这新的东西刺激得活跃起来，热烈与发狂，似乎从坟墓里走出来重新见到了阳光。大家在喧嚷着，骚动着，有些小伙子已经发疯似的喊起来了。老人和孩子也都为着宣传队的到来而欢笑。从早晨起，保三便跟着宣传队奔跑着，态度十分亲热，他跟在人群的后面探听某种消息，他一直望见王二奶从院子里走出来。王二奶的神情似乎有些兴奋、骄矜与坦然，好像她预先已经领悟到了。

宣传队不停地在村子里工作着，发传单，做着沉痛的讲演。王二奶自始至终在倾听着，叹息着。有时候她表现出极端愤怒的表情，她痛恨地咬着牙齿，后来她听到大家喊着口号，她的心灵已经颤动了。

"打倒日本帝国主义！"

口号一次一次悲壮地喊着，仿佛这是人的灵魂炸裂发出的声音，似一阵霹雳在人们的头上激荡着，人们感觉到一阵麻木，一阵剧烈的创痛。呐喊声终于停止了，人们立刻陷入严肃的气息里，一种紧张的场面出现在人们的眼前，队伍纷乱起来，骚动起来，于是第二次呐喊声又出现了。

"打倒日本帝国主义。"

王二奶跟着众人呐喊着，在人群纷乱中她感到有些昏然，她的生命被震荡得麻木了，她进着疲涩的嗓子在叫着，浑身的血液在沸滚着，她已经不能制止她的情感了。有两次，她随着大队勇敢走上去，走得很迅猛，她一点也没有感觉到身体的衰老，仿佛青春又在她的生命里复活，她忘记了身体的疲倦。她正像青年人一样，她正像那个小学生站在敌人坦克车的前面呐喊，一声一声的，她除了这一种单纯的动机以外，再没有其他的思想。

人群已经开始咆哮了，仿佛为了王二奶的义举而赞美着。有些人带着另一种眼光观察她同情她，有些人在证明她疯了。但是王二奶仍旧不停地在呐喊着，奔跑着，神情显示出异样的紧张，在她的半意识中恍惚感到获得了新的青春。

一九三六年

一封家信

我亲爱的妈妈：

　　在这一年中我没有正式给你写一封信，甚至我要把写信耽搁下去了。妈妈，尤其是对于你，我觉得是不应该的，我觉得这是我的一种罪过，有时候我觉得我的行为是过于残酷了，我不应该这样做。妈妈，我是你的孩子，我总是存着一种幸免的心，我相信你能饶恕我，容忍我，因为在这世界上再没有使你能够爱的一个人，像对我这样用你整个的生命爱护着。我亲爱的妈妈，因为你这样爱我，越发使我骄傲了，于是我忽略了给你写信。我说"无论如何妈妈总会原谅我的"。我相信你是能够原谅我的，这正像一个人抓住别人的弱点一样。我写到这里我又后悔了。妈妈，这种比喻简直是侮辱你，但是你在旁人面前却没有半点埋怨我的言辞，而且还总是非常高兴地夸奖："我喜欢他那样的倔强啊，因为他是我的孩子，他是从我的血统遗传下来的。"

　　弟弟给我寄来的信又耽搁了七八天，上次弟弟给我来的信也是同一样的情形。大概到山海关经过检查的手续吧？一月份的家信我简直没有收到，虽然在弟弟的信中一再地提起。我亲爱的妈妈，你还对我希望什么呢？我们简直连写信的自由也没有了，在过去山海关不是封锁很长的时期吗？我们是很长时期没有音信，也没有来往的行人。妈妈，即使现在能够通信，我告诉你些什么呢？在这个环境里不允许我们说一句良心话。

在弟弟的信中屡屡询及我的生活。妈妈，我明白这是你的意思，因为弟弟的年龄太幼小了，他还没有到愿意了解我的生活的程度。在他的信中有很多不合文法的地方，甚至把他所要表明的观念恰恰弄成相反，字句的中间没有连贯性。他显然还是一个不知世故的小孩子。每当我拿起信读的时候，在我的脑子里清晰地浮现一幅轮廓，那正像一幅真的图画浸印在我的记忆里，这种印象将长期保持，永远不会消失。在这期间，我的脑子里再不会被第二种观念占据住，它给我的印象是那么深刻。我放下弟弟的信沉思着，我的一切动作都停止了。屋子里很寂静，没有一点声音来搅扰我的情感，我的生命恰如一张轻纸飘荡在春天的空气里。妈妈，你知道，因为在这个时候我已经失掉感觉了，除了能够用我的想象力之外再没有其他的机能。我有了这种机能可以分析千里以外的情景，这时候我便自慰地满足了。我说："那远处的一点黑影便是我妈妈的面孔。"妈妈，一点不错，我所发现的正是你的面孔，因为在这个世界上，那是只有你才能发出的闪光，我的生命便从你智慧的眼睛里获得了生机，获得了信仰，在我的生命中灌注了一种新的力量，我骄傲的是在这个世界上还有一个爱我的人，我有了一种希望。妈妈，你昭示给我的到现在我还没有忘记，也许一生都不能忘记，是你用自己整个的力量将我推动向上。我亲爱的妈妈，一直到现在我还能想象出你是怎样关怀我，你不是在灯下吩咐一个孩子给我写信吗？用你的口气来询问我的生活。妈妈，你是太关心我了。

妈妈，你何必这样关心我的生活，每次弟弟来信的时候我都是恐慌得答不出话，于是便把回信耽搁下去了。也许我一直不想告诉你，但是后来我竟忏悔了，我哭起来。妈妈，我知道对你做了错事，我的思想简直是太残酷了，我不应该为了自己的任性引起你的伤心。妈妈，你在家里等着我的回信是怎样焦灼而且苦恼呢？也许是没有一刻钟会把那种思念忘掉，没有一刻钟你不吩咐我的弟弟给我写信，我的弟弟莫名其妙地在纸上写着字，他把每个字念给你听，有时候你也许帮他改正几句话，倘若遇到写得使你满意的地方你便微笑了，在你微笑的时候，心里却潜伏着一种隐忧。你更不肯把你的隐忧告诉别人。因为你那深切的怀念终于使你失望了。你所想念的一个人连音信也没有收到。妈妈，你恨我吗？我相信你一定会饶恕我的。

妈妈，这是三年中我写给你的唯一的信，就是说，我已经被你的爱征服了。妈妈，无论如何我再不会压抑自己的情感了，我的人性已经复活，我知道我生存在这个世界上需要什么东西。一个人不是没有理性的，我觉得一个人没有灵魂是怎样的危险。妈妈，我现在已经从危险中过来了，我的性格在生活中训练得坚强起来，我有了自己的信仰，我坚定了热爱人类的决心。妈妈，我的信仰正是你暗示给我的，你的伟大的人格变成了我的楷模，你的热情深深地在我的心里生长着。妈妈，我写这些抽象的话你会明白吗？我相信你会明白的，也许你看见我寄去的这封信便领悟了。你呆呆地望着信不说一句话，你默默地沉思着，你吩咐我的弟弟把信念给你听，你把整个的思想集中在一种想象上，有时候你却惊奇地叫起来，弟弟正在读信，也被打断了。

妈妈，你觉得我的生活有些令人惊奇吗？我觉得人类的历史已经陷于平凡，没有什么奇迹可寻。妈妈，这些话你一定不能了解，但我希望你安心地听下去。我亲爱的妈妈，你会不会为着我的悲惨生活而惊心。妈妈，你能为我的可怜生活痛哭一场吗？妈妈，我是你的孩子，我是你的生命一部分，没有一种事情可以向你隐瞒的，我欺骗你便是我的罪恶。我亲爱的妈妈，我有什么可以向你隐瞒呢？在这三年中我的生活完全陷于绝望的境地，我筋疲力尽地在饥饿线上拼命挣扎，在绝望之中挣扎着。妈妈，请你安心地听下去，我想你对这些抽象的话不会怎样了解，我将报告给你一些具体的事情，就把最近的一段生活写给你听吧。

是三月十二日的早晨，××学校办公室已经向我下逐客令了。妈妈，你知道这并没有什么奇怪，因为在法律上我还没有取得居住的权利。就让我流浪去吧，流浪是我注定的命运，在过去五年中我没有一天过着安定的生活，没有一天我不感受生活的压迫，尤其是到了一九三四年的冬天，我简直没有饭吃了，我居住在寂静的道观里，老道整天向我勒索房钱。从我离开××学校便投入这寂静的居处了。

亲爱的妈妈，我搬到这里已经有两个月的时间了，在生活上唯一的指望便是意外获得的五元钱稿费。我亲爱的妈妈，你听到这里一定会为我的生活担心着，我的生活无时无地不在危险之中，我搬到这里来的那一天，腰中只剩两角钱了。两角钱，我把这个数目记得非常准确，因为它给我的印象异常深刻。究竟我是怎样活下来的连我自己也不知道，我并没有被这些困难压倒。我亲爱的妈妈，因为我对于困难的生活太感觉平常了，在穷困中我的意志越发坚决，我的自信力越发坚强，我勇敢地唱着歌，我顽固地反抗着。我说："这个世界没有征服我的东西，没有一种东西可以征服我的心，无论我穷困到任何的程度我决不会屈服的，我有自己独立的人格。"亲爱的妈妈，只有这一点我觉得可以向你骄傲的，你不觉得一个人的人格比物质还要紧吗？妈妈，我知道这是你的意思，你教我怎样反抗压迫我的敌人，在我的性格上已经遗传下来一种反抗的精神。我亲爱的妈妈，这是你赋给我的真生命，它比什么都重要，一个人要没有灵魂简直等于禽兽。为什么我们的国家到了这种要灭亡的地步呢？我们的国家太没有自立的精神了，我们的国家正在向着敌人屈服。妈妈，你不痛恨这种事情吗？我们在帝国主义爪牙榨取下贫弱地生活着，甚至我们的生命也要被别人剥夺了。我亲爱的妈妈，我知道你现在的生活比我还要可怜，你忍受着病痛竭力地劳动着，但是你劳动的代价竟然被帝国主义者榨取去了。我的弟弟一开始就受着奴化的教育，给他灌输一些做奴隶的思想。妈妈，那是怎样一种可怕的事呢？他是一个未成年的孩子，他对于当前的许多事情是不会认识清晰的，他的感觉是那样直观，许多歪曲的事情容易使他受到蒙蔽，他没有一点分析的能力。妈妈，你晓得这并不是我弟弟本身的过错，他不负有任何的责任，你能责备一个没成年的孩子吗？记得在我离开家的时候他是那么一个可爱的孩子，身体娇小，带着一副快活的表情，他整天在青草地上跳跃着，他总是轻轻地唱着歌。他的态度还像以前一样活泼吗？他仍是跑到青草地上跳跃吗？现在家乡又是一度的春天了，虽然北国的气候比较晚，我相信整个东北草原上都已变成一片青青的颜色了，在那青青的颜色中掺杂着黄的花，蓝的花，小蝴蝶在花丛里低低地飞着，燕子在天空飞翔。这时候我弟弟便唱起歌来，他的声音是那样轻，一派醉人的音节在草原上微微地激荡着，他那天真的灵魂完全被大自然的力量所融化了，他的生命正像野草一样骄傲地生长着，没有忧愁也没有顾虑。他不晓得有许多田地都已经荒废了，许多的田地都长出了黄的、蓝的和各种颜色的花，蒲棒草和洋铁叶子也掺杂在其间。下地的农民忧郁地甩着皮鞭子，瘦弱的牤牛隐藏在柳林里悲沉地呻吟着。在帝国主义剥削下的东北农村完全陷入凄凉的境遇了。妈妈，我是深深地了解这个，在事变后我不是亲身体验过那里的生活吗？我想起来真是痛心。亲爱的妈妈，一直到现在你还在那种剥削制度下过着悲惨的生活，你流出的每一滴血汗都被帝国主义榨取去了。你的身体一年一年地衰弱下去，生命的力量渐渐消磨了，脸上的皱纹逐渐加深起来。妈妈，你的表情为什么显不出忧愁呢？你是一个有个性的女人，在这个世界上也没有使你能够屈服的东西，你的意志是那样坚强，你教导你的孩子也要在困苦中奋斗，同恶势力斗争，你的每一句话都变成我的格言。我的妈妈，我和你比较起来简直是太软弱了，你那庄严的面孔简直使我感到惭愧。我亲爱的妈妈，当我离开家的时候你曾叮嘱我："孩子你去吧！逃到关内去建设自己的人格。"但我逃到关内来却感到有些茫然了，我简直不知道怎样去实践你的吩咐，曾有一个时期我只有茫然，只有恐惧与彷徨，天哪！怎样去建设我自己的人格呢？我需要人格有什么用处呢？现在我明白了，我亲爱的妈妈，你给我的教训太伟大了，它可以适用于任何时间和任何空间，一个民族和一个人没有人格是不能生存的，这只有从生活中才能体验到它的真意。

妈妈，我现在的生活很安静，我已经安适于这种穷困的生活了，有时候我整天跑着吃不到饭，我为着少数的房钱苦恼着，我搬到这里的第二天便开始进当铺了。现在我的屋子里已经没有什么可以换钱的东西了，连电灯泡在内也不过是十样东西，而且这十样东西都是属于别人的。我的妈妈，没有财产的人处处都要受别人的迫害，处处受别人的侮辱。因为拖欠房租受到别人的嘲笑，我的文章寄出去便被退回来。我的妈妈，每逢这个时候我倒非常高兴，因为我想起你的教训来了，我毫不客气地去咒诅我的敌人："滚你的吧！我宁可不住你的房子，我宁可不在你的杂志上发表文章。"名誉与金钱我都不需要，我不需要世界上任何的东西，我也不需要任何人帮忙，别人的援助只是对我的一种侮辱。我宁可受着痛苦，哪怕饿死也好，我鄙视所有的人类。我无情地咒骂他们。我亲爱的妈妈，有时候我为我的幻想痛哭起来，我知道我的观念是错误了。因为在这世界上有许多同我一样被压迫的人，被剥削被迫害的群众，我们同属这个社会制度下可怜的人群，哪怕最微薄的财产也不属我们所有。亲爱的妈妈，我现在住在贫民区一带地方，每天早晨看见许多赶赴粥厂的褴褛穷人，街口上有一群一群失学的儿童。妈妈，在过去我还经历过更不幸的一个时期，那时候我简直和所有人的关系都断隔了，我困在一所森森的庙院中写文章，冬天强劲的北风吹动房顶上的瓦片，屋子里没有生火，我的手都被冻得僵直了。正在这个时候一个工人跑到我的屋里来，他的衣服穿得非常单薄，脸上涂着色浆的斑点，他在我屋里跑了几圈便哭起来。我亲爱的妈妈，因为他被他们的工头剥削到无以生活的地步了。我帮他，我安慰他，我拍着他的肩膀："朋友！向你的敌人反抗吧！"妈妈，我为什么要同情他呢？我自己也不知道将如何生活下去，但我的良心驱使我那样做，那是我的责任，我生活在这个世界里应该负起这个使命，用我的良心去爱世界上每一个被压迫的人。我亲爱的妈妈，这是当初你暗示给我的，我想起你是怎样爱着我，用你那醉人的歌声启示着我的生命，你那声音便是你所表现的人格，你那庄严而慈祥的面孔对着东方的太阳放射着亮光，在你那歌声的节奏中有着人性在流动。妈妈，一直到现在我才晓得，你遗传给我的不只是你的肉体，更重要的是你的伟大的灵魂，你的伟大的人格，我现在同我的敌人斗争还是依靠这种东西。哪怕我饥饿到任何程度也绝不向我的敌人屈服、示弱或者投降。你们压迫就让你们压迫去吧！你们剥削就让你们剥削去吧！我们终究有征服我们敌人的一天，我们便是这个时代的主人，我们是一群劳动者，没有我们这个世界便要灭亡，更不会有什么文明。我的妈妈，人类的财富不正是从你的手中创造出来的吗？你的步伐曾经走过广大的草原，每一粒的粮食里都浸透了你的血汗，你用眼睛望着它，你抚摸它，因为你太爱它了，那是你自己用血汗生产出来的东西。我亲爱的妈妈，当你自己的东西被别人榨取去你不感到痛心吗？你不要向你的敌人报复吗？你的敌人一直到现在还是剥削你、压榨你。我相信你绝不会屈服的，更没有一种东西可以屈服你的人格。

我亲爱的妈妈，我的生活太感到压迫了，我太感到痛苦了，凡是和我生活相同的人我都去同情他，哪怕是一个工人，一个农民，当我坐在他们中间时，我便告诉他们说："朋友，我们同是被剥削的一群，向我们的敌人反抗吧！"或者这样说："朋友们，我们的生活太可怜了，我要用我的笔发掘你们被创伤的灵魂。"哪怕任何地方不给我发表我也要写出来，这是我的责任，我的良心让我这样做。我宁可不要名字，不要稿费，我宁可痛苦地生活，我们就一同过着痛苦的生活吧！只要地球不灭，人类的正义总要出现于人间的，歌咏他们劳动生活的作品一定要产生的，这是一种需要，被压迫的人群需要看他们自己的作品。你能相信一部伟大的作品因为有编辑先生的纸篓就不会产生吗？你能相信一个人在重压之下就把他的意志屈服了吗？尽管他们卖力地替资产阶级去统治文化，去压迫无名作家，无论到什么时候我总是要说话的，我要说我的心里话，因为这个社会压迫我太苦了，那就只有反抗而没有投降。哪怕我的生活再痛苦一些，哪怕压迫我更厉害一些，只要不被饿死我便要说话，我要发表我自己的主张，去反抗。人类生存在这世界上便是一种斗争，我们不能战胜敌人便会被敌人的势力消灭下去，斗争就是人类生活的规律。

　　亲爱的妈妈，现在我的心情非常平静，愿意永远保持着这种平静的状态，这样很好，生活能够平静便可以写小说了。妈妈，我想起来真苦恼，这一年是我产量较少的时期，简直荒废不堪了，白天到外边胡乱地跑着，晚间很疲倦，连一个字也写不出来，还常常有失眠症。我亲爱的妈妈，我太痛苦了，有时我愤怒地跑到外边去，我非常恐惧地在黑暗的墙角里踟蹰着。我想这正是房东向我要钱的时候。我一直地在外边徘徊着，整个院落里的灯火都熄灭了，寂静得一点声音也没有，我跳到石阶上对着沉寂的天空深深地呼吸着，我望着被月亮所吻遍的墙角，钟楼是尖尖的突出在房顶的上边，一片光亮从房檐落到我的脸上。我亲爱的妈妈，那不是你显示给我的智慧的闪光吗？你的眼睛告诉我这个世界将要有光明的一天，你教导我去反抗我们的敌人。我亲爱的妈妈，难道你担心我的生命是不够坚强吗？你为什么要那样顾盼我呢？无论到何种地步我绝不会被反动的势力所屈服，我要从困苦中建设我自己的人格。亲爱的妈妈，这是你给我的教训，我的一生将永远不会把你的教训忘掉！我宁愿牺牲我自己的一切。我生活在这个社会便要给这个社会服务，这是历史进程中一个推动的因素，我要用自己的生命去爱别人，做寄生虫是我们所鄙视的，我们要光明地在这个社会里生存，用我们的双手不断地创造出新的东西，无论是物质的抑或是精神的食粮。我们是值得骄傲的。虽然我们贫穷，但贫穷并不是罪恶，我们不需要享受，我们只需要过劳动者的生活。我的妈妈，因为我贫穷我的良心才觉得坦然，我的生活才有意义，我没有辜负何人，我也没有向任何人屈服受辱。我的妈妈，你能让我为了物质的虚荣昧着良心做事吗？假使我有那种欲望可以去当汉奸，我可以给帝国主义去当侦探，这样，在当初我又何必从东北逃出来？我的朋友不是多半在"满洲国"当官了吗？亲爱的妈妈，有的人是最卑劣的，没有人格的，我简直不愿意再说下去了。妈妈，现在夜已深了，没有一点声音扰乱我的情感。院落旁的砖墙织成惨淡的黑影，我的脚步踏上去吱吱地响着，廊庑下有凉风徐徐地飘来，我走了几步便有些感到寒冷了，于是我又退到石阶上，我缄默地对着月光沉思着，其实这时候，我的思想最单纯，最集中，除了你和我的弟弟外没有去想到其他的什么事情。现在我的弟弟已经睡觉了吗？是的，他睡得那么熟，那么可爱，他不打鼾也不呓语，两只眼睛安详地合拢着，眉毛向着额角轻轻地扬起来，脸皮上浮现出几条快活的皱纹，他的灵魂正在一幅美丽的图画里开展着。他是那样天真而没有忧愁，也许是在梦里他还幻想着人世间的幸福，快活的光荣，他的生命还没有受过什么创伤。但是他并不晓得在人类间有一种伟大的力量爱着他，保护他，领导他走上光明之路。我亲爱的妈妈，一直到现在我才深深领悟自己是怎样成长的，如果在当时没有你，而是由一个生人来喂养我，那么我现在也许要变成一只野兽，成为一个没有情感的、没有人性的野兽，无耻地去当资本家的走狗，用卑劣的手段去抢夺别人的财产，甚至对于杀害别人的生命也没有什么顾惜；这样的人从来没有爱过别人，也更不会去怜悯别人，凡是与他本身没有损害的事情，什么都可以干得出来。天哪！我的生活不是已到了最后绝望的地步吗？我还恐惧什么呢？法律能够约束住我的行为吗？妈妈，我是反抗法律的一个人，我是破坏传统道德的一个人，我们没有替资产阶级维持这个社会秩序的义务。我的妈妈，你知道资产阶级把自己保护得多么严密呀；被损害的只是像我们这样的穷人，我更何忍心去剥削他们的血汗，榨取他们的生命。我遇到这种可以剥削别人的机会倒有几次，每一次我都是焦灼地沉思着，徘徊着。但是妈妈，我一想到你的教训，我的人性便立刻复活了，我浑身的血液在沸腾地奔流着，面孔灼热起来，甚至我要惭愧死了。我亲爱的妈妈，这正是你的人格在我心中复活的时候，没有你暗示给我的训言，我的灵魂就不能得救，我将流入罪人的行列。那么把我的良心卖掉吧，当走狗与当汉奸不是都可以找到生活出路吗？

　　我亲爱的妈妈，外边很冷，我要回到屋里去了，我要回到屋子里给你继续写信。我有一支钢笔、一沓稿纸和墨水，桌子与铁床都是属于别人的，我身上穿的衣服也是别人的。我流浪了五个年头获得了什么呢？我获得的便是经验，是信仰。我有坚强的自信力，我的生命越发磨炼得结实起来。我亲爱的妈妈，我所要向你诉说的只是这些，除此之外我便一无所得。

妈妈，我写了这些恐怕你连一个字也不认得，但是这于你人格并无损害，你不认识字并不妨碍你是最忠诚、最善良的人。我讨厌带着假面孔的人，这个社会都被他们糟蹋了，他们想用奴隶的血汗玷污这个地球，他们想用自己的聪明来欺骗这个世界，欺骗许许多多可怜的人。

妈妈，我写到现在有些疲倦了，想把笔放下去睡觉，我总觉得还有一些要告诉你的东西，但是我想不起来，而且有些话是费解的，你听了也未必明白，也许我的弟弟根本就不会读上来。我亲爱的妈妈，即使我不给你写这封信你也会了解的，你可以相信我绝不是忍辱地过活。我的妈妈，我还能写什么呢？用文字表现一个人的心简直太困难了，我近来喜欢用这种手法来写小说，用我的笔尖深入人类的灵魂。但是这种工作太困难了，这正像给你写信同样不易。我亲爱的妈妈，天下就没有容易的事，只有克服困难然后才能成功，一种伟大的事业绝不能建设在偶然机会的基础上。这是我的信条，我向来是奉行的。我亲爱的妈妈，我不愿意和你谈知识了，我和你比较起来我的经验太少了，我有许多幼稚的地方，我有许多弱点不能克服，我还须学习、观察、体验。天下只有经验才是真正的学问，只有从经验中锻炼出来的生命才具有理性。我亲爱的妈妈，就拿你本身做个例子吧：你是个不明白理论的人，甚至你连极浅显的字也不认得，但是这对于你一点妨碍也没有。你的个性是那么坚强，你明白应该怎样向你的敌人去报复，甚至在你的歌曲中也都灌注了反抗的声音，你教训自己的孩子该怎样建设起自己的人格。亲爱的妈妈，我知道当奴隶的人是不允许有自己的人格的。我们脱去奴隶的枷锁吧！我们推翻奴隶的政权吧！这个时代是属于我们的，这片广大的国土是我们的，社会上的财富都是我们的祖先留给我们的产业，我们为什么屈从在别人的压迫下过着饥饿的生活呢？我们是人，我们就该当享受人的权利，我们再不能忍受别人的榨取了，我们再不能忍受别人的压迫了。滚你的蛋吧！吸吮我们血汗的野兽。我们要恢复我们的自由了，我们要用自己的手来创造这个世界。我亲爱的妈妈，你不觉得压迫的痛苦吗？我们的生命时时在危难与被人剥夺之中，我们没有说话的自由，我们连写信的自由也没有了，我们一切的自由都被别人剥夺了，我们一切的生活权利都被别人剥夺了，我亲爱的妈妈，我们生活在这个世界简直是太可怜了。

我亲爱的妈妈，现在我很疲倦，我挣扎着给你写这封信，我几次想搁笔而又重新振作起来，我埋怨我自己不应该这样懒惰。我的妈妈，请你原谅我，我的工作实在太繁多了，我没有写信的时间，我计划的一部长篇小说现在才动笔。我亲爱的妈妈，你说我怎么好？我的身体又是这样孱弱，恶病侵蚀着我的生命，有时候因为生活的压迫竟使我的意志衰弱下去。我亲爱的妈妈，一直到现在我还不敢相信我的人格已完全建设起来，我是朝着那个方向走去，我忍耐地负着历史的重担，迟早我总会走向那实践的领域去，一切的痛苦与压迫我都不会计较。

我亲爱的妈妈，我现在一定要睡觉了，我的眼睛疲涩得不能再张开了，我的两手失掉了写信的力量。我的感觉器官在等待着外界的刺激，这一所小小的院落里完全寂静了，月亮光从墙角移向正西的瓦房上，廊下显得黑森森的。我的妈妈，这一切的情景简直在我的脑子里雕刻成非常深刻的印象，那正是一年前我住在道观里所遭受的情景。我亲爱的妈妈，我现在想起简直是太可怕了，我更不愿意把我过去的生活向你述说，我怕这会引起你的苦恼。我亲爱的妈妈，请你放心，无论我穷到任何程度我总要活下去的，这是我做人的权利，我应该这样要求。但是我不计较生活的方式，每个人有每个人生活的方式，我以为只要能够维持生存便是人类间最高的道德。我的妈妈，我再向你说一遍，我承认生存是人类最高的道德，法律与伦理是次要的。社会上没有法律也是可以的，有了法律不见得每个人的生存就可以得到保障。我们饿得要命啊！请法律来保障我们的生命啊！但是法律却不理我们，等到我们真正动手谋求生活权利的时候法律却来干涉我们了，可见法律是某一阶级御用的东西，有了它反倒限制人类自由地发展，我们不是被法律迫害得抬不起头来吗？

我亲爱的妈妈，我实在没有精神写下去了，但是我总舍不得放下笔，我希望再多写几个字。这正像我在你的面前谈话一样，我总是恋恋地不舍得离开，你的训诲的声音和你那慈祥的面孔吸引住了我的灵魂，无论我是怎样倔强，我站在你的面前也便驯服了，我从来没有向你执拗过，因为我一望到你便被你母性的热爱所征服了。我更不和你辩驳，我相信你对于我的吩咐都是有好处的，你绝不能把一种灾害加在你的孩子身上，你对于我每一种行为都是忠诚的。虽然有时候我生气地离开你，但是我仍旧要跑到你的眼前，你向我微笑着，你用你的眼泪饶恕了我的罪过，哪怕我做了错事你也要饶恕我。我的妈妈，你给我讲一个故事！你给我唱一段歌吧！你给我唱的歌我便当作我的忏悔词，一个没有灵魂的孩子跪在你的面前祈祷。我的妈妈，你惩戒他吗？你原谅他吗？你启发他吧！你的每首歌曲都给予他一种新的生命，我接受你的声音便得到了永生，我将把这声音传遍给世界上成千成万被压迫的人。

我亲爱的妈妈，我现在不想写些什么事情了，我马上就要休息，电灯点过半夜便要有人说话了。此刻我不知道月亮光是否还在正西的房瓦上，我也更不知道到了什么时候。猫眼睛我的弟弟是很喜欢的，那个可爱的小孩子很喜欢这一类的东西，我可以送给他几件玩具。我的妈妈，你知道现在我手中只剩一毛钱了，但是我很快活，我希望妈妈和我的弟弟同样快活，我就在这一千多里外的地方祝你们晚安。

你的孩子　一九三六年五月十五日

参加战区服务团

一九三七年七月十一日，这是我最兴奋的日子。

我走进了东北大学的门口，纠察队并没有阻拦，一直踏上了学校办公室前边的一排石阶。我的两脚刚一踏上去，便发出一种清脆的声音，响亮的，尖锐的，从远处的白灰墙反射回来一阵回音，似乎也在配合着我那兴奋的心弦在微微颤动。突然什么地方起了一阵骚动，有人兴奋地呼叫："参加战区服务团！"这几个单纯的音节引起我的狂喜。我禁不住奔跑起来，那一磴磴的石阶已经留在了我的身后。

这里距离大街很近，隔着大墙可以听见运输子弹的汽车声，胶皮轮子碾着水门汀的马路吱吱地响，检查行人的警察在大声地吼叫。这几天到处都显得紧张，每一个没有生气的角落也都弥漫着不寻常的气氛。学校里救亡的情形会是怎样的呢？……我没有想下去。我在街上所遇到的情形还一幕一幕地展现在眼前，我简直无法抑制自己激动的感情。

学校里的环境我很熟悉，走进角门，穿过一排教室，西侧是一条长的甬道，上边搭着顶棚成为一条长廊，它的一面靠着房墙，往常那深灰色的砖块露出均等的凹痕，闪着暗光。现在它的上面却被花花绿绿的墙报所贴满了，用各种极醒目的标题来刺激读者的眼睛，笔体很杂乱，也有的是从报纸上剪下来的，传单则贴在墙报的旁边，重要的新闻都画着红圈。读墙报的人非常多，几乎整个走廊都已经被他们占据了，有的人还在高声地朗读着。当有人读到二十九军胜利的情形，旁边的一群人都随着欢笑起来，叫喊着，拍着掌，情绪沸腾起来。甬道走不过去，我就跳过了走廊。当我的一只手扶着栏杆的时候，不觉地，把一个青年的肩头碰了一下，他一阵发惊，把脸转过来。我没有说什么，只是带着一种惭愧的神情注视着他。他是一个小个子，两肩稍低，脸上有着一副灵活的表情。他望见我只是微笑，似乎并没有责备我那无礼的举动的意思，他端详着我，然后向我友好地点点头。

"你想看墙报吗？"

"不！"

"你要看可以过来，过来看。"他搓一搓手，又继续向我说，"我可以把地方让给你。"

"不！我不看。我想到战区服务团去报名，现在九点钟，正是报名的时候。"

"你想参加战区服务团吗？"他带着一种兴奋的神采摇动着手说，"在目前这是一种重要的工作，艰苦的工作，全民族的抗战已经发动了……"他眛一眛眼，"我说得太多了，现在，你到战区服务团报名去吧！"

我迟疑地向前走了一步。

"你知道，"那个小个子又在我的身后喊叫了，"你知道战区服务团在哪里办公吗？"

"我不知道。"我回答说。

"从后数是第四排教室，靠东边的屋里。"他用手指着前边那深灰色的房脊，"就在学生自治会的东边。"

我认明了"战区服务团办公室"几个黑字走进去。玻璃门开着，那几个黑字已经被风摇落了一角，也许是谁开门时不经心弄碎了的。早晨的阳光显得非常可爱，屋子里的轮廓映得异常鲜明，那是一个大的房间，中间又用木板隔成两个房间。在外屋的当地上放着一张长方形的桌子，几张凳子，桌子上放着报纸、传单、名册、粉笔，还有一架油印机和一只水壶。屋子里显得很忙碌，秩序也显得纷乱，他们都没有注意我，也没有人阻止我。他们正在热情地讨论着什么问题，大吵大嚷的。有人正在滚动着油印机，一张张的传单从机器碌子底下飞出来。有的正在写着什么，许多双眼睛盯在那里看。突然墙上的电话机响了，有一个人跑向前去，于是大家都静下来了，似乎急着等待什么新的消息。

服务团办公的地方设在里屋，靠北窗放着一张黑色的凳子，一个青年人正伏在桌前写着什么。他看见我过来就停住了手，把毛笔放在桌子上。他友善地打过招呼，我站在他面前不远的地方，我伸手就把桌上的毛笔操起来，正当我想把自己的名字写到那本册子上的时候，桌角上的一张纸单引起了我的注意。

附：战区服务团规则

一、由西直门乘火车至门头沟，卢沟桥，转火线。

二、携带物品：毡子，雨具，茶杯，深色短衣。

三、车费，医药，及交涉地方当局，全由东联负责。

四、会员报名由各团体代表负责。

我把笔停了一下，又想了一想。

"每个人都需要这些东西吗？"我问。

"需要。"那个青年人本分地回答我，"自己愿意预备别的东西也行。其他的事情，则由东联负责，本来这一次行动是由东联发起的。"

"什么时候起身呢？"我又问了一句。

"下午三点钟。"他说完之后，脸沉下去望一望我，"你还不知道吗？你没有报名吗？"

"我还没有报名。"

我拿起笔来在那本册子上动手写我的名字，我刚刚写了一个字，又被他叫住了。

"你是哪个团体的？有人介绍吗？"

"没有人介绍。但我要参加，哪个团体都行。"

"你是东救的吗？民抗的吗？或者有介绍人？"

"介绍人，那么就算是李波林介绍的吧！"

他允许了。于是我写了我的名字、团体和通信处。他看见我的名字，显出一点惊愕。

"是你呀！你的名字我早已熟悉了。你没有看见李波林吗？他已经来了。"

他惊喜地站起来同我握手。我向他问起关于战区服务团的组织、编制，以及将赴战区工作的情形，他都一一地答复了我。

这时候方才那个读墙报的小个子走进来了，经过介绍，我才知道那个小个子叫作陈英，我们立刻熟悉了，觉得很亲热。

外屋里的电话机突然又响起来，声音很响亮，随着那声音人们又是一阵纷乱，似乎是在谈论着战争的消息，有人击着桌子，有人大笑，过了一会儿，那纷乱的声音才平静下去。这时候我的视线不期然地转到陈英的脸上，我抓住他的手臂，担心地问："卢沟桥方面的消息怎样？"

"又冲突起来了！"

"又冲突了！和平绝望了！"

"没有和平，帝国主义对着弱小民族没有和平！所谓和平不过是对我们的一种欺骗！"陈英大声地叫着，他的脸上现出光彩，"他们讲和平只是为了做军事上的准备，为什么他们的大兵从塘沽、山海关开动呢？当卢沟桥事件发生时，我们的军队有他们的四倍多，他们只好虚伪地来谈判。后来交涉由石友三军队接防，他们又进攻了。二十九军还击了，他们死了二百多人，这一次他们是不肯罢休的，现在中国民众抗日的情绪又是怎样高涨。所以这次事件绝不能同丰台事件相比。而且这次事件发生以后，很有发生全民族抗战的可能。我们要把我们的力量配合到救亡的工作上……"

陈英的嘴边流出唾沫，击着拳头。

又有两个青年人来报名，他们全是穿着深色的制服，身上背着毡子，出发的行装已经预备齐整了。当他们向外走去的时候，坐在办公桌前边的青年人向他们招呼："到小礼堂编队去！"

"没有别的手续吗？"

坐在办公桌前边的年轻人摇了摇手，并把人名册子举起来，接着外屋的电话机又响了。

离开战区服务团办公室的时候，我感觉到特别松快、兴奋，还有一种说不出来的情绪，仿佛这个世界在我的眼睛里变样了。人们像疯狂一般地奔忙着，为着追求光明与真理而奔走，一堆一堆的青年人，在大槐树底下谈论着、计划着。

在人群中我发现了李波林，他正背着手同几个人谈话。突然有一群背毡子的青年从对面的教室里拥来。他们的谈话被打断了，李波林把脸转过来，发现了我："方才我听陈英说，你也要去。"

"我决定了，但是我没有毡子和规定的那些物品。"

"我借给你一份吧！"

我们三十几个人跑到小礼堂去集合。我们全是由各性质不同的救亡团体参加进来的，互相间望着都感到有些陌生，每个人携带的物品也不一样，有的提着书包，背着毡子，像我这样没有携带物品的也有两三个人。但每个人都有共同的一颗信心和那燃烧起来的情感，急促地在地板上走来走去，互相间发出微笑。有的人刚从外边跑进来，他们带着一种兴奋的神情向着屋子里注视着，有几个女同志也参加到我们的团体来，她们活跃地在屋子里乱跑。

虽说叫小礼堂，但我觉得它的面积很大，四方形的屋子里充满了生气。四围的墙壁耸立着，从每一个曲折的角度都可以射进来阳光，玻璃窗子上挂着白布帘子，反射在墙角里的阴影透着暗灰，一壁是挂着七尺多长的黑板。地上的桌子已经凌乱了，凳子歪七斜八地堆在一边，仿佛一度开会之后还没来得及收拾。地板上的油漆已经脱掉了，浅灰色的木条上涂染着墨污和斑痕。在它的上面堆积着瓜子皮、烟头、纸屑以及被遗弃的传单。人们的大脚从上面踏过，发出一种吱吱的声音。

混乱着，吵叫着，每个人的心弦都被激动起来了。

陈英背着毡子走进来了，他没有看见我，只是踉跄地向着人群里走，有我认识的两个人也来参加了，还有几个是半熟的面孔，仿佛从前在什么地方遇见过的，现在已经记不起来了。但每个人都感觉到异样的紧张，谁也没有时间招呼谁。我们一个跟着一个走到讲台的前面填写志愿书。战区服务团的总队长直到这时才赶来，他气喘着，脑袋上流着汗，以至把他身上的衬衫都弄湿了，但他的态度却很镇静，他把志愿书一张一张地放在手里，统计一下，总共是三十八张，代表三十八个人。

"现在我们把队伍组织一下！"

总队长从人群里站起来，跳上了讲台，大声地叫着，做一种手势，于是群众的嘈杂声便停止了。

"现在我们开始做组织工作，诸位队员要安静。"总队长严肃地挥着拳头，"这一次组织战区服务团，本来是由东联临时发动的，在组织上只是草草地拟了一个大纲，在人选上他们临时想出来几个人，有一个总队长。"总队长指着自己的胸脯笑起来，"临时把我抓来。三个委员，已经指定了两个，一位是张作兴，一位是路云。现在我们还要选一位委员，一位庶务，三位看护，看护由女队员担负。"

"总队长！工作就是这样分配吗？"有人站起来发问。

"现在不能算作工作的分配，现在只是举出几个负责人。至于我们的工作是什么，那只有到了前方才能决定。也许是抬伤兵，搞宣传，也许是替他们送子弹。"

"我们中心的工作要为战区服务。"

"是呀！是呀！"总队长大声地叫着，"现在我们要选举一位委员，诸位队员想一想。"

同时有四五个名字被提出来了。乱了一阵，有的人从地板上站起来，比画着。

总队长显得有些焦灼起来，他用一种深沉的目光注视着他手中的名单，逐个人名一个一个看下去，他抬起头来，大声地宣布道："白××!"

我听见总队长提出我的名字吃了一惊，我惶恐地站了起来准备去反对，这时候陈英出现在我的眼前，他快活地叫着。

"就算你吧!"

同时屋子里有十几个人附议。

"我希望你把这责任担负起来。"总队长向我笑。

"另推选一位吧! 我的能力……"我的嗓子疲涩了。

"不用推让吧!"陈英又看了我一眼。

我还要抗辩下去，忽然门外有人招呼我，我走出去。李波林停在门前，他把一切应携带的物品递给我，我深深地向他致谢。

"又听到什么消息吗?"

"消息正像我们所估计的一样。"李波林闪动着眼睛说，"抗战已经实现了。"

"那好极了! 波林! 我们要求抗战已经很久了!"

他流泪了，热情地和我握手。

"后方的工作也很重。"我淡淡地重复了一句。

"是呀! 后方是一个推动的器官，我们不能轻视它，后方推动的力量越大，前方也越能收到效果，这几天东联和各救亡团体时时在开会，发宣言，出墙报，组织慰劳团、募捐团。战区服务团这是第一次的组织。以后还要发动第二批、第三批，把每一个救亡的同志都发动到前线去。做一点艰苦的工作。"

"别的救亡团体也有准备吗?"

"当然的。"

在远处有人招呼李波林，我们告别了。

屋子里的情形又是一度陷入紧张，杂乱的人影在交错着。人们扬起脸望着粉皮墙上的黑板，原来人选已经决定了，陈英被选为庶务，三个女看护的名字我都不认得。总队长显出焦灼而忙乱的样子在地上来回踱着，他忽然停下脚步，对着黑板注视了一下，用拳头敲着。

"每个人要认清这几个负责人！有事情和他们接头。"

"每个负责人也都要互相认识一下！"

我们几个人走到一起来。陈英把另外两个委员介绍给我，我向他们打了招呼。三位女看护没有走进我们当中来，她们从自己的座位上站起来，我们远远地互相看了一下。

"现在我们要编队，没有职务的人到前边来！"

队员们蜂拥地走到前面去，解下身上的毡子，整理衣扣，脚步凌乱地在地板上响起来。

"所有的团员要站一排！"

长长的一排队伍蔓延地展开了。人们沉默着，总队长的拳头扬起来。

"报名！"

共是三十个人。

"注意！"总队长晃着身子，他又把拳头扬起来，"由第一个人起，至第十个人止，算作第一小队。由第十一个人起，至第二十个人止，算作第二小队。由第二十一个人起，至第三十人止，算作第三小队。第一个人算作第一小队的队长，第十一个人算作第二小队的队长，第二十一个人算作第三小队的队长。每个小队长要负起本小队的责任。现在我们开始检查，要遵守本团的纪律，服从队长的命令，先由第一小队开始。"

第一小队站好了，九个人成为整齐的一行。

"立正！"第一小队队长喊。

…………

第二小队和第三小队也都检查过了，于是归回原队，重新坐在凳子上。屋子里的空气变得严肃了。

下午三点钟的时候，东联的代表走到屋里来了，一起来的还有其他几个负责人，李波林也参加在里面，他不时地注视着我，使我感到有些迷惑和惊惶。他们几个人站在我的前面，距离很近。总队长和团员们攀谈一会儿，便走上讲台去，他转过身子，摆一摆手臂，然后向我们发话："诸位团员！现在东联的同志给我们做报告。"

东联的代表是一个高个子，面颊瘦削，年龄在三十岁左右。他穿得很朴素，却有一种坚毅的神情，吸引住我们所有人的注意。

我们听着——

"方才我们去接洽到战区服务的事，他们在原则上已经同意了。不过今天三十七师师长没在北平，旅长也不在，所有的高级军官全在开紧急会议，形势非常严重，车辆和通行证都还没有交涉妥。我们的出发只好在明天了，这次有一点我们特别要注意，就是过去地方当局对于学生运动的误会。这一次我们一定要从实际行动中争取工作的公开，我们要他们承认我们是爱护国家的，我们不但会喊口号，我们还能走到实践里去。"

一九三七年

白天和黑夜

白天和黑夜，使老人刘富有过着两种极不同的生活。虽然劳动的方式有些相同，全是用铁锹，破坏汽车路和修复汽车路。每一次全不更换原来的位置，胳膊和工具和谐得成了习惯。当铁锹插进沙土里去的时候，他吃力地咳嗽起来，伛偻的身躯，自然地垂到铁锹的木柄上，变成了牛角弓，两臂战栗着，下巴上几根稀薄的胡须在微微地抖动。听得铁锹背上的沙砾发响，仿佛是一块冷冰打击在脆弱的心坎上，于是他抽出铁锹来，悄悄地走回家去。

敌人进攻黎城，利用地方的汽车路运输子弹和给养。刘富有第一次使用快要生了锈的铁锹在瓦斯灯的迷离照耀下，帮助游击队挖断了从武安到涉县中间的一段汽车道。到白天他被伪政权逼着去修复挖断的汽车路，夜间他又继续破坏修复的一段。这样修来挖去已经有一个礼拜的时间，他的松枝一样的手指磨出了胝皮，铁锹也磨得雪亮，敌人的辎重汽车终于失掉它的效能。

一个有风圈的晚上，稀稀落落的星辰，像是撒在打谷场上的米粒，人间染成了黑灰，山角上降落的沙砾在摇撼着房屋上的瓦片。有什么毛茸茸的东西在烟色的窗纸上轻轻拂了一下，仿佛是一只山狼的尾巴在那里挑逗，烟色的窗纸突然变成了浑黑，发脆的窗棂子吱吱地叫了一声，随后听得一团泥土声摔在坚硬的地上。

意外的刺激使刘富有神经质地战栗起来，浑身的毛孔侵入了冷风，他的牙齿在发响，紧张的瞳孔对准乌黑的窗纸注视了好久，始终不理解是怎么回事，他感觉到有些惊惶与愕然，下意识地退缩到炕沿底下，推开了炕席上的枕头，从角落里抽出一条木棍。

拂在窗上毛茸茸的东西又在跳动了，比先前还要摇撼得厉害，腐朽的窗子几乎被弄得破碎。随后，一块恶魔的黑影投到窗纸上来，拂了两拂，有着猫一样的声音在喵喵地叫着。

"刘富有！"

听得声音厮熟，刘富有的塞满了灰垢的心灵开了一条隙缝，放下了木棍，摸抚着消去了惊恐的脸皮，拉下来耳朵上的帽扇。

"你是王兴吗？"

"正是。"

"你进来吗？"刘富有越发沉着了，向前走了一步。

"我不进去，你知道就是了。"窗外的人悄声回答说，手指仍旧在拂着窗纸，"叫狗咬起来不方便，我在这里告诉你一声。"

"睡觉以后吗？"

"要你这就去，带一把铁锹，我还要招呼别人去。"

刘富有揉一揉疲涩的眼皮，打着哈欠，他的身子像鹅毛一样地轻松起来，伛偻的身躯也舒展开。一瞬间，窗纸上的黑影消逝下去，展露出一丝鱼肚色的光彩。

"王兴！王兴！在上店的前边吗？"刘富有隔着窗纸不放心地问着。

"不！在下店的后边，那个山坡上。"

"哪个山坡上？"

"汽车道，崔指导员也到那里。"

沿着蜿蜒的汽车路走到下店后边的山冈上，刘富有并没有感到怎样疲惫。他卷起了袖子，噜着嘴巴，把铁锹担在肩头上。老远地听见谈话声和铁器的撞击声，还有脚步声，石子的滚动声，搅成了一团刺耳鼓的噪音。看情形，工作似乎已经开始了。

过了河，汽车路好似一条蛇蜷伏在斜倾的山边，逐渐地向上升高。在顶点上，距山坡下面河身有七八丈的样子，由许多山涧里流下来的泉水冲激着石子，淙淙地响着，缓缓地灌入石缝里去，在高崖下的沙滩上浮起了白沫。蓬勃而杂乱的灌木丛插在山根的岩石上，姣绿的叶片遮盖着水面。银白色的瓦斯灯光从山坡上投射下来，钻过了姣绿的叶片，映到河面上，泛起了叠叠重重的鱼鳞片。

刘富有走到山坡上，首先发现提瓦斯灯的是崔指导员，他的精神焕发，动作敏捷，矮矮的身子，穿着一套短制服，像是一只麻雀在人群里跳来跳去。他在招呼着五十多个农民破坏汽车路，铁锹、板斧、锄头，一齐地舞动起来，地皮砍得好似老太婆脸上的皱纹，瓦斯灯玻璃罩上摇晃着凌乱的影子。崔指导员嘘了口气，把瓦斯灯向上提了一提，发出像竹哨一样的尖叫："抗日要大家干，日本的汽车来，大家全受害。"然后转过身子，从游击队和老百姓的中间穿过去，攀着一棵被铁锹破坏了的柳树，他立刻看到站在柳树底下的驼着背的刘富有。

"你早来了！刘富有。"

"我早来了！崔指导员同志。"刘富有微微地弯下腰去，用手紧捏着铁锹的木柄，向着崔指导员会意地点头。

"你知道是这里吗？"

"不！崔指导员同志，方才王兴告诉我的。"

"那么，王兴为什么还不来！"崔指导员皱一皱眉头说。

"我想，他去招呼旁人。"

"招呼旁人？"

"是的。"

刘富有拽着铁锹，挤过了交叉的铁器和那槎丫的手掌，走到山根底下的汽车路的边缘停在那里，耸耸肩，从肩头上取下了铁锹，摇了几下，着力地向下戳去，铁锹爆裂出当啷的响声，铁刃崩成了缺口，一块深褐的石头露出土地的外面。他索性提起铁锹来，更换第二处试着挖下去，第二处的地下埋藏着树根，油滑发软的树根不能切断。因为工作对于老年人过于吃力,他的伛偻胸脯越发显得深起来。他使劲地摇撼着发出火热的木把,配合着脚的动作,铁锹骤然伸进土里有半尺多深,向外挑了一下,连根带土扬出五尺多远。

挖过了一锹土之后,必须更换原来的位置,刘富有习惯地向后退了一步,开始挖第二锹土。他把挖出的土壤扬到一条固定的边线上,用铁锹拍了一下,渐渐地变成了土埂。被切断的汽车路渐渐地变成了深坑。静穆的夜里,散发着土壤的气息、水的清冽和草叶的芬芳香味。游移的灯光从土埂上移动下来,穿过树叶,折到被切断汽车路的深坑里。

挨着刘富有身边的是一个光头顶的青年农民,披着汗衫,他用着榆树把的铁锹扬土,土末时时飞落到刘富有的脸上,这种无意识的过错,差不多使他愤怒起来,或者要想咒骂两句。但是他没有照自己的意思去做,他忍受着,有两次,他几乎绊在石头上摔倒下来。

五十多个农民一齐举起工具,杂乱的声调交错地响着。灯光照耀着梨黄色的木把,露出青筋的胳膊一齐飞舞。

有一片黑影爬上了汽车路的拐角处。崔指导员问道:“谁呀?”

“老百姓,我们是来破坏汽车路的。”

“破坏汽车路的,走上来!”

崔指导员提高了瓦斯灯,走上山麓岩石处,停在那里。从山坡下爬上来十多个农民,充塞着汽车路,在沉沉的夜幕中,像是一堵黑墙。成团的人群散开了,包着白头巾的王兴从人群中闪了出来,用手指触着山里红色的酒糟鼻子,打了一次喷嚏,似乎感觉到有些什么不安,向着瓦斯灯反射出的游移火光走去。

“崔同志,是……”王兴拉着自己的头巾。

“二十多个人?”崔指导员茫然地问了一句。

“二十多个人。”

“全是自愿来的?”

“当然,崔同志。”王兴扬起了一只手臂,自负地说着,“连刘富有全叫我动员来了，他年纪大，家里又穷，腿脚不伶俐。你知道，崔同志，他是自愿参加的，说老实话，他对于这事情比什么都热心。"

"刘富有是最卖力气的，比青年人还要棒，他不肯歇一歇。"

一些赞美的话，在刘富有的心灵上烙成了深的痕迹，是兴奋，也是羞惭，他从来没有受到别人的夸奖，这对于他是一种极大的鼓舞。他站在原来的位置上一动不动，两只发湿的眼睛对着迷离的瓦斯灯闪烁着。

王兴匆匆地和崔指导员告别，他带领着二十多个农民去破坏另一段汽车路。崔指导员向着二十多个农民告别，微微地笑了一下。他跨过土埂走过来，亲切地摸一下刘富有的肩头。

"你辛苦了！刘富有老爹。"

"不！崔指导员同志。"

"你总该累了吧?"

"我是穷人，不能纳粮救国，应该多卖点力气。"

刘富有的话声有些战栗，差不多不能用语言表明他的感情了，下意识使他惊惶着。当他想起了崔指导员的善意劝慰，流出了几滴眼泪。他踢开脚下的土块，把铁锹放在粗布的鞋底下面，戳进地里去从下面翻出了米糕一样的软湿土，抛在远远的草地上，没有发出一点声响，它沉重得有如实心的铅球，压倒了草茎，湿土浸出的水珠溅到崔指导员的脚背上。

崔指导员弯下腰去，把瓦斯灯挂在山坡上一根柳树丫上，捋下了一把草叶，擦去了脚背上的泥水。然后挺起腰来，用瓦斯灯照着刘富有的被夜风吹乱了的头发。

"下面渗出水了吗?"

"渗出水来，很黏！"刘富有摸一摸额角说。

"大概下面有泉眼。"

"越深越好，日本汽车无论如何是开不过来的，你瞧，崔指导员同志，凡是险要的地方，全给挖断了。"

"日本汽车没有办法的，除非找老百姓来修复。"

分手的时候，崔指导员对着大家说着感激的话，把瓦斯灯举到刘富有呈着倦意的面孔前面，微笑地看了他一眼。

"再见！刘富有老爹。"

"再见！"刘富有点头回应着。

第二天傍午时分，刘富有睡意正酣，却被一只大手掌摇醒过来，他翻了身，拉去了蒙在头上的棉被，用手指揉着疲涩的眼睛，抹去了脸上的灰尘。当他爬起身来的时候，似乎还能呼吸出泥土的气味。

"你夜里干了什么事，现在还睡大觉？"

张聘三是王村伪政权的维持会长，专门给敌人探听消息的家伙。他挺直地站在刘富有的头前，用鹰一样的眼睛打量着刘富有的面孔，仿佛发现了什么隐秘，注视了两分钟之久，突然用手抓住刘富有的臂膀。

"老汉，跟我走！"

"天哪！有什么事发生了？"

"什么事情发生了，老糊涂……"张聘三咬着牙齿，他的两只三角眼放射着愤怒的闪光，"南山坡的汽车路给游击队挖断了，桥梁也给破坏了。"

"什么时候破坏的？游击队可真厉害！"刘富有镇静地用他痉挛的手掌摸着额角，"还有这事，什么时候干出来的？"

"什么时候？还不是半夜干的，要像你这样懵懂，游击队早把你的锅拔去了！"

"那么，皇军的汽车还能走吗？"

"皇军怎么能够走汽车？几十辆都停下了，现在找你去修汽车路。"

刘富有慌张地扣上了纽扣，扎上带子，磨身下了炕，穿上布底鞋，伛偻的身躯弓背一样地垂着，连连地咳嗽起来。

"我这么大的年纪，怎么能够修汽车路？"

"老家伙！你滚去吧！"

"张先生，不是这么说，老年人头昏眼花，恐怕给皇军耽误事。"

"不要讲道理，你不去，皇军会有办法对付你！"

张聘三狠狠地踢了门板一下，走到外边去了。

大街上出现了铜锣声、嘈杂声、狗叫和凌乱的脚步声。

被张聘三传出来修汽车路的老百姓，准备集合出发。

刘富有又变成了修复汽车路队伍中的一个，在路上行走，他没有从言语上显示出任何的破绽，尽量回避和别人说些不必要的话，只是小心地抓着铁锹把，注视着前方。位置选择得适中，避免与任何铁器摩擦出声音。

刘富有看了一下周围的人，面孔都很熟悉，有半数以上的人是参加夜里破坏汽车路的，连王兴也在内。所不同的，就是领队的人不是崔指导员，而是换成了张聘三。

"老家伙，你搬这块石头！"

走上石桥的时候，张聘三绕过被破坏的桥梁的左侧，叫住了刘富有。横在汽车路上是一面用石头垒成的石头墙，张聘三指着中间一块青色的大石头对刘富有说。

"把这块搬下去！"

"天哪！这怎么能搬动？"刘富有吃惊地叫了起来。

"一定要搬下来！"

刘富有认得这青色的石头，就是夜里自己堆上去的那一块，位置并没有变更，只是光润的石面上落了一层灰土，似乎还可以辨认出自己的汗污手印。他嘘了一口气，紧一紧腰带子。用铁锹把插进青色石头的下面，抽了一袋烟，然后撬着铁锹把，被撬起的青色石头离开有半尺高的隙缝。他喘了口气，把铁锹放下，那块青色的石头又落在原来的位置上，他转过脸去又望了一下。

"这块石头把我累死了！"

"老狗！你藏奸！"张聘三恶意地咒骂着。

"实在搬不动，把我的骨头轧碎也搬不动。"刘富有惊惶地倒退了一步，脸色苍白起来。

"你什么时候能够搬得动！等到半夜吗？天快黑了，皇军的汽车今天怎么能够过去？"

许多老百姓都停止了工作，有意要看热闹。王兴一面扯住了刘富有的衣襟，一面对着张聘三请求说："叫老汉修汽车路去吧！"

"老汉，快去吧！"张聘三带着愤怒的声调说。

于是，刘富有又去修汽车路了，把夜里挖断的地方都用沙土和石头填平了，一些空隙的地方则架起了木板。总之，这种工作是经过一个很长的时间。做工的人在忍受着饥饿、倦怠、炙热以及被张聘三的辱骂所引起的愤懑。人们有意地拖延着时间。凡是张聘三不在监工的时候，人们都歇了下来，有的在吸烟，有的在说笑话，有的在唱着由崔指导员教给的抗日小调。太阳快落山的时候，汽车路终于草草修复了。

老百姓垂头丧气地走回家去，青色石头般的脸孔埋在灰尘里。张聘三瞧着每一个发懒的肩膀咒骂起来："等太阳出来再回去吧！"

汽车路修复后的五个钟头，人们又回到汽车路上来。

"老乡们，我们要挡住敌人，只有破坏汽车路。"

有几十个宽阔肩膀的农民在汽车路旁蠕动着。为了要把修复的汽车路变成一块深坑，尽量地把沙砾、泥土、石子、草根，掘到外边来。崔指导员沿着长满蒿草的山麓，迈着大步走过来，奔到悬崖下，悬崖下的汽车路上闪耀着铁锹的光辉。

崔指导员的沙哑的声音在黑夜里战栗着："汽车路又修复了！"

"崔指导员同志，这是我们干的勾当。"刘富有不掩饰地说着。

"是你？"

穿着短制服的崔指导员站在汽车路的旁边，用手捻一捻瓦斯灯上的螺丝，火光陡然高起来，燃烧得崭亮，像是一条红舌，映着刘富有两只弯曲的胳膊。

"好大的木板！"崔指导员指着填在汽车路上的大木板说。

"这木板也是我们弄上去的，现在我们再把它弄下来。"

刘富有把蒙着头的围巾拉开，抖去了土，用它轻轻地拍打王兴的脊背，叫了一声："来！王兴，我们再把木板弄下去。"

"是，刘富有老爹。"王兴搓一搓手背说。

刘富有弯下腰去，对着九尺长一块厚木板打量着，用脚踏了一下，先拨去木板两边的土，又把木板的下面挖成空隙，抛开了铁锹，用手掌把厚厚的木板垫起来，举到肩膀上。

"抬呀！再来五个人！"

王兴的一端已经把木板抬起来，放在肩上。

崔指导员把崭亮的瓦斯灯提过来，有几个挖汽车路的小伙子也都停下了工作，他们跳到土坑的上边，抬着走。重得像石碑的木板在刘富有的肩头上摇摆了两下。

"投到河里去吧？"有人这样建议。

"抬回家去！"王兴爱惜地说着。

"还是留在这儿吧，"刘富有有见识地说着，"明天再用多省事。"

"明天省事吗？哈哈哈！刘富有老爹。"

除了崔指导员之外，人们都笑起来。

"真省事呀！"刘富有郑重地争辩说，"一块木板要抵得多少锹土，填土要填半天。晚上到这里来，几个人便把它撤掉了，更用不着扬土。"

刘富有从厚木板上走下来，扯起衣角，面向着崔指导员。

"崔指导员同志，你信我的话吗？"

"我信，刘富有老爹。"

王兴用唾沫擦着手心，着力地抡起一把铁锹，戳在地上，伸出汽车路外边的树根被切成两截，它似毒蛇一样地跳跃起来，搅着一团黑土，滚到沙沟里去。

刘富有望见沙沟里那截鲇鱼色的树根，走过王兴的身边。他挖开了五尺见方深的一块土地，堆成了一堆土，把铁锹插在它的上面，从腰兜里取出火镰来，吸着旱烟。

"你看我怎样，崔指导员同志？"

"你挖得顶多！"

"我不是说这个！"刘富有又逼问了一下。

"什么？"

"我说白天给日本人干活，黑夜给中国人干活。"

"刘富有老爹，因为白天这里不是中国的。到了黑夜，这里才真正成了中国的地方。"

崔指导员的话使刘富有受了启发，热血又回复到他的枯干的脸皮上，燃烧起来，神经末梢微微地战栗着。他用他的瘦削的手掌摸抚着拂动的胡须，很久的时间，他的目光完全被瓦斯灯所吸引住了。

崔指导员把瓦斯灯交给一个少年通信员，走上土堆，把身上的短制服脱下来，提起刘富有的铁锹，挖了起来。

"有什么消息吗？"刘富有在厚厚的木板上敲着烟袋，烟袋里飞进出几星残火。

"这几天敌人打了几回败仗。"崔指导员和蔼地说着。

"又打败仗了！"

"敌人不能走汽车，给养、子弹供不上，自然会打败仗。"

"我们挖路，就会让敌人打败仗吗？"

"自然。"崔指导员又重复了一句。

"那么，我们也算是抗日了？"

"挖路是老百姓最好的抗日办法。"

刘富有开始缄默起来，悄悄地踱到土堆去，用一只手抚摸着被露水浸得冰凉的铁锹把，向前走了两步，对着那渺茫而冷静的天空凝视着。

嗑草的虫子在山谷里低奏着，伴着蟋蟀的舞曲。蟋蟀的家已被挖路的人们摧毁了，小小的土丘，它便是葬埋敌人汽车的坟墓。

回家去的时候，每个人都保持着缄默。只有那磨亮的铁锹反映着北斗星的光辉。

到了白天，张聘三又走到刘富有的房里，预先没有招呼，昂头挺身进了房门。他的脚步踉跄着，跨进门槛的时候，被灶神下的铁锹绊倒了。他吃惊地叫了一声，老人刘富有立刻从梦中醒来。

"老家伙，你起来了吗？"

"我刚起来。"刘富有揉着眼角里的眼屎。

"汽车路又给王八蛋挖断了！"张聘三攥着拳头叫着。

"怎么？又挖断了吗？"老人显得吃惊地皱一皱眉毛，带着一种怨恨的声调说，"什么时候挖断的？王八蛋真给我们找麻烦。"

"夜里你没有听见动静吗？"张聘三反问了一句。

"怎么能够？幸而夜里睡了一顿好觉，假使黑夜挖路，白天修汽车路，凭我这么大年纪是吃不消的。"

"是的，老汉，可惜你夜里睡得太多了。"

刘富有已经明白他的来意，便不搭话，从灶神底下拾起了铁锹，扛在肩头上，离开了家门。当他走向汽车路去的时候，想起了桥梁旁边那块青色的石头。

一九三九年十一月

120

距 离

王老五回家的头一天，非常苦恼地碰了一个钉子。

一个火烧云的傍晚，他带着一种愉快的心情从远处赶到家。当他的脚板踏上村口散乱麦秸的时候，立刻被一群儿童团员包围住了，盘查他，还向他索取通行证，他们摇晃着木头刀，口笛声伴着娇嫩的花椒叶子在簌簌地发抖。他意识到莫名的畏惧，仿佛处在完全不利的陌生环境，他想对他们说明什么，但是他的嗓子像盐卤得没有一点弹性了。

"睁开眼睛吧！"他正经地说，"我离家的时候，你们还是吃奶的小毛孩子。"

"你不要指东说西，没有通行证，就不叫你进街。"

"我又没有犯法！"

"怎么不是犯法？没有通行证的就不行！"被口笛声聚集起来的小孩子，一窝蜂似的把他团团地围住，吵闹着，把瓦片和麦秆向他的头上掷去，他本能地摸着脑袋，颤动着每一根汗毛。失望中，他终于看见一个穿左大襟衣裳的汉子转到前面来，挤着豆瓣眼睛，恶意地冷笑着，厚嘴唇里露出来黄色的牙齿，他认出是从前给他做短工的张存，虽然他鄙视他，但是他不能再沉默下去了。

"张存你看看，这些孩子简直没有一点规矩了！"

"你懂得晋察冀边区的新规矩吗？嗯，王老五！"张存浮着冷笑说。

"什么，晋察冀边区……"王老五莫解地耸一耸鼻子。

"边区的儿童团都要站岗放哨，检查行人，你没有通行证，一步也走不开。"

他陷于狼狈了，一切的名词他听来都是陌生的，正如他对于这种现象不能够理解一样。这意外的遭遇增加了他的反感。

到最后还是他老婆以妇救会主任的资格出来证明，他被释放回家了。

在路上，他的脚步凌乱地踏过了压扁的麦秸，熟透的麦粒蒸发出淀粉质的气息，窒塞着他的呼吸，燃烧着他的喉管。过路人的眼睛火烧一样地投射到他的身上，他的身子仿佛套在滚热的铁桶里，毛孔渗着汗珠。除了本能地迈动着麻木的大腿，他不能意识到别人的嘲弄会惹起如何的反应。末了，他听见他老婆向他的耳边喃喃地说着什么，他有些清醒了。

"因为通行证你和他闹别扭吗？张存现在当了农会主任。"

"张存当了农会主任？"他皱皱眉，"他不给我们做短工了？"

"不！你走后，他不打短工，现在当了农会主任。"

她示意地摇着头，她的剪短的头发飘动着，如同一把黑色的柔丝遮住了脸上泛起的红晕，仿佛为着什么事情害羞一样。她的神情显示着有些不安，一对小酒盅大的眸子不停地闪着波光。跳动的光焰充满了恼人的神色。

"你不能埋怨张存，他当了农会主任哪！"

他老婆为什么和张存一个鼻孔出气呢？当她说出"不能怨恨张存"时，他心里很不高兴，感到那个字眼比一条咬人的疯狗都要讨厌。虽然他生了气，几乎是嫉妒地瞪了他老婆一眼，他的愤怨并未因此消失。

过了一条街，他看见了自家的皱得蛤蟆皮一样结疤的房瓦，看见了自己亲手垒起的烟囱。掺和在泥烟囱上的麦穰在晚霞里闪着光辉，他回想三年前的光景，他的生命也曾像麦穰一样闪烁过金色的光辉。

三年前，王老五在自己的家庭里被看作是一个快乐的人，有一张苍青色的鸭蛋脸，大耳朵，屁股钉在树根上讲着笑话，眼皮褶成了一条细缝。女人们习惯地用蒲扇抽着他的肉溜溜的膀子。"你不要胡说八道，狗嘴里掏不出象牙来。"那种扯打对于他倒觉得舒服，仿佛松懈的肉体应该要求运动一样。他自己不肯浪费气力在土地上，雇张存给他做长工，除了播种和收获的季节，他便把所有的时间消耗在讲笑话上面。庄稼收成以后，便挑一扁担筛好的花椒到口外做生意。家里留下使他能够相信的小脚老婆，关在院子里照管家务事，养鸡、喂猪、纺线、穿帘子，耐心地等待着丈夫回来吃咸萝卜菜。

　　那年，他很走运地在外边卖完了一泡货，要回家的时候，抗战突然发生了。他不得不绕到北平去，他忠实地给一个亲戚帮忙，在人家茶叶庄当了管账先生，一干就是三年。战争消停了，当他想起小脚老婆的时候，便毅然地回了家。

　　仅仅三年的光景，故乡的变化使他感到大大的惊讶，从前歇着卖菜担子的街口，现在已经竖起了一面方形的认字牌。救亡室代替了庙堂。大街小巷全涂上了用石灰粉刷的标语。僻静的山谷被响亮的救亡歌激荡得不能清静。开会的人们熙攘着。男女自卫队员天天忙着上识字课。他从前熟悉的朋友全在村公所充当主任与村民代表。他们有着适当的工作和属于自己范围内的活动，很少和王老五说笑了，甚至见面时还有些不愿意搭理他。总之，他在这个环境里是一个陌生的动物。他的生活节拍不能安插到这个世界的任何的空隙里。

　　这个世界使他气闷，他常常像患热伤寒病般一躺就是一整天，不停地抽烟，咳嗽着，想象着自己的前途。好似荒山里一只孤雁，他问着自己，他想从这个世界里找一个解答，就像要从一堆乱线里找出它的头那样，他的情感被什么东西纠缠不清，这对于他是一种最大的痛苦。

　　故乡有什么可使他迷恋呢？他记起他的甜蜜的爱情，他也曾在粗糙的石砾上造起坚固的房子，孵着暮黄色的大母鸡，栽花椒树，在黑色的土壤里种植甜瓜。

回到家里以后，他感觉到他的生命中丢掉了什么东西，空空荡荡的，好像一阵旋风也会把他的脚跟扯倒。他避免和任何人打招呼，也很少和他老婆讲话，他没有一次去参加开会，也不参加自卫队的组织。他也从来没有随着大家下操，上识字课，唱歌，抬担架，游戏，放哨。就是这里天空中的空气都不是他所需要呼吸的。一个消极的人物，在家庭里，他也懒洋洋的，甚至不愿意动手搬一块石头挡住鸡架。

王老五并未完全失望，因为在这个世界上，还留着他所唯一眷恋的人，一想起她，心里像是燃烧着的火柴，每当他看见他老婆那红红的脸蛋的时候，他便欣喜地感叹着："那真比红萝卜都可爱呀！"

为了取得他老婆的欢心，他拿出从远方带来的冰糖给她吃，取出买来的胭粉给她用，还掏出一只精制的火柴盒在她的手背上玩弄着。他叙述着旅途的艰苦，他赞美着北京城的壮丽，他的倾诉使她的心灵感到极大的悸动，蹙着眉毛，他的脸差不多要偎到她的脸上，他看出她的眼色不时地显示出兴奋和惊愕、迷惑和不安。他渴望着她的安慰，他用充血的手掌抚摸她的胳膊，像做梦一样地对她说："你记得那年过五月节，我往房檐上插艾蒿，你煮鸡蛋。"

"你为什么想起过去的勾当？"她喃喃地低语着。

他记起他老婆是那么柔顺，软弱得像棉花瓜一样没有弹性的老实女人，有一种忍受耻辱和吃苦的美德。他信服她比一个钉钉在木头里还要结实，永远不会动摇。

晚上，他老婆离开家开会去的时候，他意外地惊骇住了。

"你跑出去干什么呀！"

当着村干部讨论救国公粮的一天，张存昂然阔步走到他的家里来，敲着烟袋灰，用一种熟悉的步态走到阶前，看家的狗也懒得向他狂吠一声。王老五故意地背过身子，转向他老婆身旁那石头垒起的短墙，偏着头，视线死盯盯地望着短墙上被麻雀粪落成的斑点。

"王老五，你起来早哇!"张存说着一句平常的话，那是想不出什么恰当的话才这样脱口的。

王老五沉默着，他不愿意和他讲话，但是他留心着他跑到这里来的目的。

张存踉跄地跑到他老婆的面前去，闪着米黄色的牙齿，纽扣外边袒露着胸部的红色肌肉，膨胀起来的呼吸器官似乎要把对方吞噬一样，他不时肉感地鼓起来嘴巴。

"我们去开会讨论讨论吧。在敌人扫荡以前，我们要在群众中进行动员，完成救国公粮，保证战时给养。"

"妇救会开了一次会，"她面向张存微笑着，向前凑了一步，"现在就开会吗? 收下公粮，我们还得坚壁清野。"

"坚壁清野，你们妇救会……"张存想要说什么，当他望见王老五盯着他的时候，终于局促地停止了。

王老五装出一副冷漠的样子，为着避免别人发现他的惊惶和敏感，他没有参与他们的谈话，他故意地扭过脖子望着岩石上一只跳跃的松鼠。他的心情烦躁起来，他再不能保持沉默，他偷偷地窥视着他们脸上流露出的神秘表情，他猜想着它的内容。突然，他们的谈话声低弱下去了，低得连一个简单的音节都听不清楚，只有张存被快乐浸过的脸皮显出亲切，红得发光。他老婆显出一种哀怜的神气，频频地注视着，似乎在向他求救一样。

抽完了烟，张存带着不自然的神色转到他的面前来，咳嗽一声，并且用多节的手掌拍着他的肩膀。

"通行证的事情，你还往心里去吗? 这是法令，我不能不……"

"我不在意!"王老五冷淡地回答着，他想起那天踏上街口时那种狼狈的情形。

"我们是老乡亲，我不能不告诉你。"张存伸一伸懒腰，继续用手掌拍着他的肩膀，"在边区，连小孩子都出来抗日了，我来动员你，你愿意参加农救会吗?"

"我不!"王老五摇一摇头。

"你不参加农救会吗? 王老五!"张存带着高度的自尊心继续他的说服工作,"你看看我,过去我给你做工,横竖不知,撸锄把把手掌磨出膙皮,现在我当了农救会主任,就是区长也请我帮助动员公粮。"

王老五沉默着,他并不看谁一眼,站在地上像一根拴灯笼的木杆。

"参加农救会吧! 对你有好处的!"他老婆也帮着动员。

"我不愿意!"他的脸气得惨白,"我对他说过了,我一点也不愿意!"

张存同王老五老婆走出开会去了。王老五呆呆地立在院子里,沿着石墙焦灼地徘徊着。而且情不自禁地几次把头探出短墙的外边,带着异样的神情瞧着张存和他老婆的背影,他们穿过短墙,两个人像一条线似的连在一起了。他跷起脚,从他那被忧愁压缩的胸膛里喷出一口沉闷的气息。他独自反复叨念着:"我不愿意,我一点也不愿意!"

当他老婆走出开会以后,王老五极度焦灼地低头沉思着,一会儿又失神地望着天空,在一条僻静的通道上往返地踱着脚步,击着手掌,他还死盯盯瞧着落在窗棂子上的苍蝇粪,他明白他在苦恼着什么。虽然他也想恢复平静,但是他一想起自己的老婆同别人一道去开会,就爆发出压制不住的愤怒,还混杂着嫉妒和猜疑的情绪,由那情绪又产生了一种不祥的预感,仿佛他恐惧着在黑夜里会丢掉什么东西,使他惴惴不安,但同时他又怀着温暖的希望,恋恋地向着他老婆离开的方向遥望。他长时间地像一根木头立着不动,他的眼睛把一个转动的车轮子送了很久很久。

他下了石阶,心情烦躁地走到泥烟囱的前边,这时他才发现自己的动作竟是毫无意义,他惋惜地在烟囱上摸了一把,挪去了挡风的一块石头,发现那烟囱已经十分破旧,它的外形显得有些倾斜,陈旧的红胶泥土被雨水淋成了马蜂子窝,麦秸露出在泥的外边。他记起几年前他和张存垒烟囱的情形，他老婆照例蹲在烟囱下喂猪，戴着大耳环子，用指甲搔着猪的鬃毛。当他戏谑的时候她就红了脸，低低地咒诅了一句，他觉得在这世界上他顶喜欢的就是那女人。

他又重新踱上了石阶，抬起脚跟，他的视线很快地就被什么东西吸引到街上去了。显得不规则的大街上呈现着凌乱与灰暗，瓦砾躺在墙脚下，杂草垫在深坑里，用石灰粉刷的标语涂得影壁成了斑斑点点的皱纹。影壁的对面拱成半环形的一群男人在高声地谈笑，他猜想他老婆也会夹在他们中间，似乎在嘲弄他的顽固的行为，他想象着人们会怎样把他的行为当成一种讥笑的资料。他不敢走到大街上，害怕看到人们讥笑的目光和面孔。

动员公粮的时候，妇救会主任在群众大会上打了冲锋。她自动出了七石公粮，并且影响了各界的人也拿出公粮来。消息传播着："妇救会主任起模范哪！你别看她个子小，支援抗战可真出力呀。"像一粒微尘波荡在人们呼吸的空气里。

听到了消息，王老五带着惊疑不定的神情去追问她。

"风声传遍了，说你承认了一石公粮。"

"七石。"她轻轻地闪着睫毛。

"你说什么，一石吗？"

"我说得牙青口白，是七石哪！"

"什么，你是疯子，还是傻子！七石公粮是个大数目哇！"王老五的脸色苍白了，失望地叫着，他的紫茄色嘴唇颤成了一片肉卷。

"这是救国的事。"她平静地回答说，"我是妇救会主任哪！在大会上，我不能不起模范作用。"

"模范……你想冬天去喝西北风吗？"他激动地跳起来，带着一种不能饶恕的神情质问她，"你不知道我们的粮食快吃完了吗？还得买盐，锄刀上缺了两个铁钉。"

他们彼此都僵住了，红了脸，面对面坐着，好像两只猫儿守着一块骨头在警惕着，他们又在各自想着心事。

她理一理剪短的头发，困惑地望了她丈夫一眼，她觉得她丈夫的无知又值得深刻地同情，而且有什么责任在她的身上背负着，他的误解使她很难过。

"你知道，大家都为着抗日。"她说，"你看看农救会主任张存吧！他的麦子起了灰疸，还出八石公粮。"

"你不要说张存吧！我一听见他就头痛！"他冒了火，用力地敲着桌子。

"我说张存管你什么相干？他又没挂在我的大牙上。"她严肃地反驳说。

"我讨厌他，我讨厌他比狗都厉害，我……"

王老五痛苦的心灵在颤抖着，感情的重压使得他透不出一丝呼吸。当他望见她沉默而悲伤的神色，他又悔恨地饶恕她了，他走上前去抓着她的手，紧紧地握着，手腕上的血管跳动得那么厉害，反映出他的心脏在剧烈地跳动。他沉痛地望着她那张可爱的脸，思绪翻腾着，他好像忽然想起什么，欣然地对她说："我们离开这里吧！在边区我是没吃过甜头的。"

"你说什么呀！"她惊讶地望着他痴呆的脸。

"这地方我住够了，我们到北平去吧！我们的亲戚会帮助我们的。"

"你就是这意思吗?"她推开了他的手，不胜惊惶地跳起身子，她的眼睛在他的烧红的脸上，凝视了很长的时间。

"是呀，到北平，我们是吃香的、喝辣的，也不纳公粮，那里的屋顶都能唱洋戏，你有了钱，可以随便逛金銮殿。"他做梦一样地在述说那诱人的故事，下意识使他对于他老婆做出一种拥抱的姿势，愉快地微笑着。

"我不去！"她第二次推开了他的手。

"你说什么！"他晃动了一下身子，莫名其妙地闪烁着燃烧起来的眼珠。

"我不去！"她坚决地摇着头，声音显得出奇冷静，"我死也不去，你若当汉奸，你自己去吧！"

"你死也不去，我知道你要在这里恋着你的野汉子……"王老五的脸立刻变得惨白，震颤着身体，他的喉管给粗哑的吼叫撕裂了。

"我干啥啦！你干啥要和我耍酒疯……"她恼怒地睁大了眼睛叫着，气哭了。

"你干啥你自己知道，你给我丢人！我要揍扁你这贱骨头，省得再去开会。"

王老五跳起身子，他把他老婆扯到麦秸上，举起拳头对着她的鼻梁狠狠地打了一下。她像一只小山羊一样被打倒了，哭叫着，披散着头发。她现出一种怨恨的神情瞅着他，

他没有说一句话，就踉跄地跑到外面去了。

开群众大会的一天，王老五孤独地躲到村外的一片森森的玉茭地里，他想借此消除心头的烦闷。但是，他不能保持着平静，他的神经时时被附近会场上沸腾起来的声音所扰乱，他的情感失去了原有的控制力。

玉茭地和会场是接连的，每当他从绿叶里探出头的时候，总可以望见贴在栏杆上鲜红的标语，主席台，方桌，黑压压的人头和那像高粱秆子一样竖起的红缨枪。主席台上站着他的老婆，被打伤的额角扎着一条手巾，黑色的头发飘散到领子的两边，她挥着手臂在那里讲演，她的灵活的姿势和煽动的言辞吸引着群众热情的鼓掌，掌声风一般地迷漫着会场。她骄傲地昂起头，满足于那种快乐的享受。当她挺起胸膛讲到第二段的时候，掌声又疯狂地响起来。

王老五不敢走到前面去，像一个偷儿似的担心地溜达着，他怕看见群众和他的老婆，他在他们的面前似乎干了些什么不名誉的事。有一片暗影在笼罩着他的灵魂，使他狼狈不堪，陷于从未有过的自卑自弃的心理状态中。

当他第二次张望的时候，他老婆已经安闲地坐在一个凳子上。继着站起的便是农会主任张存，卑微地弯着腰，小声地在他老婆的耳边

说着什么，凭着满口的米黄色牙齿就够使人讨厌了，他还扭晃了半天，才挺起身躯向台下的群众讲话。

"现在有一件事情向大家报告，前天动员公粮的时候，有一个顽固分子反对缴救国公粮，还打了我们的妇救会主任，打得她鼻口流血，三天不能够工作，那个顽固分子就是王老五！"

突然间，凌乱的人群从会场里卷起风暴，散布出恐怖的气氛，如同一个怪物展开庞大的两翼在天空里飞行。

王老五缩回脖颈，失望地抽了一口冷气。"糟了，我原知道他们会这样对待我，我是别人脚底下的一只蚂蚁。"

张存的绷紧的酱色脸上有些臃肿，挥着拳头向着大家讲道："他王老五，回家的那天就破坏儿童团的工作，他不参加救亡组织，反对纳救国公粮，并且强迫我们的妇救会主任到北平去当汉奸，她不跟他去，他就往死里打她。没有疑问，王老五破坏抗日工作，我们怎样惩罚他，大家发表意见吧！"

"我们妇救会主任是百里挑一的好人，他压迫她，我们叫他尝尝禁闭的味道。"

"我们提议罚他的苦工，把他交给交通站去背子弹！教育教育他。"

"王老五是顽固分子，我们就应该处罚他。"

会场变得恐怖，几百只手都举起来了。

当王老五将要晕倒的时候，他又听见一个公鸭嗓的男子在讲话："我要说王老五不是顽固分子，虽然他的头脑有些个别，应该说服他，我们都是多年的乡亲，你想逼他到北平去吗？狗急还要跳墙呢！"

"他就是那个犟脾气！"

王老五的老婆插了一句，大家又嚷嚷开了。

几天以后，人们看到王老五来到了识字班。

一九四一年

130

过甸子梁

从涞源到察哈尔的大道，呈现着异样荒凉的景象。凝结的薄冰破碎了，枯黄的马兰草被践踏得像一团死人头发。羊粪露出在雪的外面，水成岩的石子上涂抹了斑斑的烂泥，仿佛有一长列军队刚从这里走过，看一看路上乱七八糟的肥大脚印就会明白的。

离开抗联司令部之后，通讯员孙林便注意着路上的现象，无论是一颗土粒或是一根草。他企图从任何物体的表面上找出可以证明的痕迹，他迫切地需要知道在两点钟前是否有队伍从这里经过，因为司令员给他一道紧急的命令，要他把刚刚离开的一个大队追回来。由于敌情的变化，在战斗上就有了新的部署。事情该是多么变化多端！为着配合晋察冀军区的反扫荡，抗联司令员决心要在涞源打一个埋伏。在敌人据点的附近，整整等了两天，派游击队扰乱，利用维持会的关系给敌人送信，种种的计划都没有达到目的。两天过去了，抗联的先头部队已经向察哈尔转移，剩下一个中队和直属队等待着一件任务。正在这时，敌人突然向他们出击。为着集中兵力，需要把那个离开的大队调回来，配合作战。孙林去传达命令，成了当前最紧要的任务。

孙林是一个贫苦出身的青年共产党员。在他两年部队生活当中，做过司号员和勤务员，他得过"模范青年"的最尊贵的荣誉奖章。因为他的不断进步，很快地又被调做通讯员的工作。他的性格正像他的粗糙脸皮一样结实、坦白、温情、朴素。他的耳轮很大，有着平滑的额角，看起来没有精神的石灰色的眼球老是盯在一个地方，一分钟也不会转动一下。这个人就有个长处，他肯对自己的工作负责，送信时跑得脚板生出大饼厚的臁皮，他向来不对谁抱怨一句。

道路崎岖得不能骑马，可是丢开了马以后，便更觉得身体难以支持下去。这险恶路途的跋涉，使他四肢瘫软无力，头脑昏乱。显然是急行军和夜里没有睡眠的结果。他渴望着休息，他的眼角残留着不曾消灭的睡意。一支实弹的七九马枪，压得肩头酸酸的，手榴弹使他感到讨厌，甚至身上仅有的一袋炒面干粮，也变成了不必要的累赘。他的意识里浓重地潜伏着疲惫。他想到他会消失最后的挣扎力而倒毙在路旁，也许因为寒冷而得到同样可怕的结果。他的思想近于混乱，但是有一种力量还能支持他继续前进，那便是对于革命工作所发生的热情。

一个冻得面色苍白的老乡，从莜麦地走到孙林的跟前，惊愕地注视着他的表情和马枪，似乎从他的脸上唤起一种疑问。孙林也想要从老乡那里听到什么消息，他开口了："老乡，你看见前边过队伍了吗？"

"同志，你算问着了。"老乡弹一弹狗皮帽子上的雪花，快乐地闪着眼睛，"我是刚刚给队伍带路回来，刚刚……"

"那么，队伍宿了营，你才回来？"

"不！他们到了甸子梁就把我放回来了。八路军真仁义，不拉夫。"老乡耸耸肩，眼角里迸着感激的泪花，"那个黑胖子是个好人哪！带着千里眼，好开玩笑。向我问长问短，给我塞了一个馍，不让我对别人瞎扯什么，就把我放回来了。"

"那个黑胖子是我们的大队长，他带的望远镜。"孙林喜出望外地叫着，他的手掌击了枪托一下，"他们现在在哪里呢？老乡，你快告诉我。"

"同志，我不知道，也许他们过了甸子梁，到察哈尔那里去了。"

孙林抽一口冷气，茫然地对着远处的峭拔的山峰发呆。桦树矗立在山麓，阴郁而夹着雪的暗白。察哈尔的高峰只能引起可怕的印象。

似乎他饱尝过那种痛苦的经验，单凭着想象就会觉得浑身发抖。

"队伍宿营了吗？又前进了吗？"他焦灼地、重复地问着。

"我什么也不知道。"老乡想起了那个黑胖子嘱咐他的话，狡猾地摇摇头。

"老乡，你告诉我怕什么，我和那队伍是一块的。"

"同志，你到甸坡那儿再打听吧！"

老乡摇了一下手，向着一条清冷的大道走去了。

于是他又孤独地踩着碎石子走着，脑子里激起了回忆的浪花。

那是离开司令部前的一种紧张的情形。队伍刚刚吃过早饭，等着到指定的地点去集合。架线班已经拆下了电台，战士打好了背包，伙夫的担子准备从宿营地挑出来。就在这个时候，一个头包着手巾的便衣侦察员，慌张地跑到司令部来，脸色惨白，脑瓜皮上滴着汗珠。他的沙哑的嗓子显得恐怖地颤抖着："报告司令员，敌人已经到了。"没有多久，远远的山头上咕咕地响起机关枪。人们开始混乱了，不能等待命令就要向集合场拥去。突然，光着头的司令员出现在人们的前面，态度很镇静，他带着恼怒的表情，咒骂大家无谓的纷扰。他考虑一下，用一种坚决的调子喊着通讯员，在同时间，孙林发现司令员的眼光意味深长地望着他。他猜出司令员的用意，他的内心感受到喜悦的激动，毫不迟疑地走到前面去："司令员，你叫我送命令吗？"司令员听到他的响亮的声音，感觉到有些踌躇，摇一摇头说："你愿意再出去吗？孙林，你是刚刚送信回来呀！你不怕累吗？这个任务是非常重大。"他没有注意到自己的疲倦，一声不响地接受了司令员给他的任务，提起马枪，向着通往察哈尔的一条荒凉的大道走开了……

两点钟，他带着一种紧张的心情赶到了甸坡。

天上扬着雪花。雪花从甸子梁最高的山尖上抖擞下来，软绵绵的、松散的，带着一种附着力，落在低矮的甸坡的茅屋上。马蜂窝一样零落的窗纸应和着山谷的风呜咽着。门前堆积着的筱麦草捆，被母猪扯得满院都是。

孙林悄悄地走到一家院里，穿过一排冰地，在马槽的附近，碰见一个贩麻的老头子，仿佛刚刚饮牲口回来，用扫帚扫着落在麻捆上的积雪。他告诉了孙林关于部队通过甸子梁的情形。

　　"当真过了甸子梁？"孙林似乎不相信地加添了一句。

　　"哪有不真？谁若对八路军说谎，他就是汉奸。"

　　老头子的态度非常诚恳。他说话的时候，神情不安地痉挛着下颚，胡子随着筋肉抽动不已，然后深沉地看了对方一眼，似乎叫对方相信他并不是在说谎。他穿戴着没有硝过的长毛皮袄、皮裤、羊皮帽子、皮袜子，腰间插着一条鞭子，肩上背着酒葫芦。仿佛从最寒冷的冰窟里爬出来一样，白脸膛，皮肤冻成发癫的鸡皮疙瘩。他含着烟袋取暖，现出一种危惧的神情，注视帽檐上挂着的长短的冰须。

　　一只迷失方向的石鸡从山林中飞过来，翅膀拍打着雪片，一会儿投向甸子梁的高顶上。天空上有着白色的柔毛，在轻轻地飘落着。

　　孙林望着村外一片白茫茫的山峰，问着老头子："你是在梁上碰见队伍的？"

　　"有些队伍已经下梁了，有些队伍在雪里滚……"这老头子没有说完，又贪婪地把烟管插进嘴里去。

　　"在雪里滚！"孙林严肃地观望着老头子的表情。

　　"有两个同志冻得半死，在雪里滚哪！"老头子伤感地摇一摇脑袋，"人不该死总有救哇！幸亏我剩下半葫芦酒，给他灌，擦身子，用拳头打着，谢天谢地，两个冻死的又还醒过来了。"

　　"冻死人！"孙林的脚尖刚刚触到了雪块，一种莫名的战栗震撼着神经末梢，仿佛他的感觉器官触到了冰柱上一样，血管也要凝结起来。他在那雪块上揉了两下，没有说一句话。

　　"你们队伍光会打仗。你知道，到梁上不放枪也要死人哪！"老头子摸一摸他的花白胡子，津津有味讲起故事来，"前十天，有一个羊倌赶着羊过梁，到半路下了雪，羊倌和羊都冻死了。前半个月，有两个外路的游击队过梁要公粮，在半路上也冻死了，临死的时候还抱着枪。前一个月，还有一个……"

孙林没有想到自己立刻就要过梁，仿佛有什么东西在阻碍着他前进一样。他不知道是受了老头子的影响，还是自己打不定主意，跟着老头一道走进屋里。

老头子耸耸肩，他使劲地把烟袋在锅台上敲了一下，温和地望一望青年人："你想过梁吗？今天是万万过不得的，半道上转了向，冻死鬼就把你迷住了。她有时变成一个小媳妇，你们青年人心一动，对她咧嘴一笑，你就成了她的替身了。我经验过多少次了，冻死的人，十个有九个是脸带笑容的。"

"我从来没有走过这鬼地方！"孙林不耐烦地跺了一脚。

"你没有走过这地方，同志，你没有看过戏吗？"

"没有！"他摇一摇头。

"怪不得你不知道，甸子梁就是曹福走雪山的雪山。你可以问老乡，除了五台山外，它是周围八九百里最冷的地方，每年七八月还要冻死人。从甸坡到甸子梁还有五里地。到梁上地就平了，风也大了，雪也深了。中间三十里没有人家，假如你的火力不足，到半路上就冻完蛋了！"

孙林又问了一些关于甸子梁的情形，问得十分详细而具体。当他明白之后，他又后悔自己不必要了解那些东西，这对于他并没有好处。他焦灼得用手指不成规则地扭动着枪机，往返踱着脚步。每当他走过老头子身旁的时候，有意无意地从那苍白的面孔上看出一种赧然的表情，使他惊愕与骇异。

老头子想要舒适一下自己的身体，解开皮袄，拢起火，把葫芦里的烧酒倒在一只青鹅羚碗里，在火上燎一燎，快活地呷了一口，然后把酒碗递给青年人："同志，烘烘肚子吧！"

"我们军队不准喝酒。"孙林想起了部队的纪律，皱一皱眉。

"你不喝酒，过梁的时候会冻死你的！"老头子叫着，他的红沙眼燃烧得有些晕肿了，闪烁着火花，"我成了习惯，过梁就要喝酒，早晚打尖，喂好牲口，从甸坡一直赶到家。"

"你现在要回家吗?"孙林问。

"在这里歇歇脚再说，晌午炮响得厉害，大概鬼子又出来糟蹋女人。"

由于老头子的提醒，他想起了司令部被敌人包围的情形，他想起了人们纷乱的情形，他想起了司令员沉着而准备战斗的神情。"你愿意再出去吗? ……这个任务是非常重大……"他知道被包围的司令部急需要离开的那个大队来救援，需要他把命令传达给那个大队。一切都如平常，只是下雪和甸子梁的寒冷情形，却是出人意料。就是司令员也不会想到有这种情形。

他走到外面去，雪还是下着。山野是寂静的，冻裂的地，已经被雪块弥补了隙缝。半坍塌的土墙，涂满了闪光的铅粉。拴在石槽上的骡子跑到马棚的门口，雪落在它的头上，它一次又一次不安地闪着耳朵。

很长很长的时间他望着天空。他知道雪不会停下来，而山上的路又被雪掩盖住了，认辨出道路的痕迹是很困难的。天气是这样寒冷，就是狗和麻雀也都躺在自己窝里。似乎整个的世界上不会有人在冒险地走路，也没有人愚蠢地和无情的严寒开玩笑。

他摇一摇头，怏怏地回到冰冷的房子里，靠着锅台，失望地瞧着老头子的下巴。

"今天不能过梁吗?"

"梁上有三不过，你不知道吗?"老头子反问了一句，好奇地望着孙林的两只耳朵，"过梁有过梁的规矩，阴天下雪不过梁，起早贪黑不过梁，单身汉不过梁。"

孙林默然了，停了一会儿，鼓着勇气又问老头子是如何过梁的。

"我嘛，道路熟，过梁的时候有人搭伙，事先带上酒瓶，穿好皮袄，找好天气，一股气就走三十里。不在梁上歇脚，也不在梁上吃东西。"

"我今天……"孙林的面孔变得苍白起来。

"你今天不能过梁！"

老头子斩钉截铁地回答说，摇着头，喝了一口酒，又同情地望着沉默的孙林，频频地闪动着忧郁的眼光。

"你参加八路军几年了？"

"两年。"

"你家里有爸爸和妈妈？"老头子继续唠叨着。

孙林不作声，他看着他所心爱的那支短短的马枪。

"怪可惜的，青年人……你在这里过夜吧！"

"不！不！"孙林哑着嗓子叫着，深深地呼吸了一口气，放下了马枪，他想起自己是做革命工作的通讯员来了。

老头子伤感地咳嗽着，低着头，他的眼眶里差不多滚出眼泪来。他缄默了一会儿，突然，发酒疯一样摇着孙林的胳膊喊："咳咳！你们八路军真是能吃苦哇，希望老天爷睁开眼睛。"

孙林很是焦急，老头子的同情使他感到难过，每当想起任务的时候，他的思想立刻陷入被谴责的不安状态。肩上的沉重的责任，像一团火在心中燃烧。他想："假如我不能把命令传达到……"无疑那是一个严重的错误，而司令员和一个中队就有被敌人消灭的危险。

他霍地站起身子，背起马枪，踏着门板踉跄地跑到外面。老头子惊讶地望着他的坚决表情，扑灭地上的火，也随着走到外面。

外面的雪更落得稠密了。马棚里显得又宽敞又冷静，雪片埋住了肮脏的马粪。冷得打战的黄土色骡子，竖起耳朵，对着走进来的老头子叫了一阵。老头子摸一摸它的脖子，把一捧干草添到石槽里，看看绑在驮鞍上的麻捆，回过头来和青年人讲话。

"老天爷留你在这里过夜的。"

孙林没有回答老头子的话，拉下了帽子的耳扇，整理好腰间的手榴弹和干粮袋，放开脚板，向着漫无边际的雪地里走去。

老头子抖去了羊毛皮袄上的雪花，转到青年人的前面去："小伙子，你看你的鼻子冻成红辣椒一样，到屋里暖和暖和吧！”

“不！我要过梁去！”孙林冷静地回答说。风吹开了他的薄薄的棉衣，他的身子已经被风雪吹打得摇抖不定。

“过梁去……你疯了吗?”老头子惊骇地抓着孙林的胳膊，摇了两摇，“你长几根翅膀，能够飞过雪山?”

“我要……”孙林没有说出他所要说的话，望着前面一座雄伟的高峰，一种热望从他的心底燃烧起来。

“同志，你过梁会冻死的！”老头子同情地恳求着。

孙林没有听从老头子的话，背起马枪，勇敢地向着甸子梁的山顶走去。五分钟后，他变成一团雪块滚进茫茫的乱苍山里面了。只有洁白的雪地上残留着脚印的痕迹，没有多久，又被雪花掩盖住了。

两天以后，抗联在涞源打了一个胜仗。老头子从甸坡赶着骡子回了家，在烧坏敌人汽车的战场上，他又碰见了那个年轻的通讯员。照旧背着一支马枪，他的坚毅的表情里越发显露出青春的健康，对着汽车的碎铁片发着微笑，仿佛有什么快乐事情一样。只是冻掉了左耳朵。

一九四一年

飞龙梁上

——百团大战插曲之一

　　在昏暗的夜色里，青年战士贾三随着突击队出发了。他的身上背着一支七九步枪、子弹带和五颗二号手榴弹，有两颗手榴弹已经掀去保险盖，似乎随时准备向敌人的据点投掷过去。他的心情是那样兴奋，一想起手榴弹投掷过去，堡垒里的敌人应声倒下去的情形，他的内心就洋溢着一种跃跃欲试的兴奋情绪，虽然在那情绪后面也隐藏着恐惧与不安，但终于被那青年特有的自尊心克服了。当开动员大会的时候，连队与连队提出了比赛，他带着激动的心情，自动报名参加了突击队，响亮的口号声震动着他的耳鼓："青年人打前锋！多缴鬼子的枪！"他明白什么是青年人的光荣任务，他接受那任务没有一点迟疑。

　　在突击队里，差不多都是同贾三一样参军两年以上的青年战士。在队伍里，大家一起上政治课、文化课、游戏，无论什么工作，大家生活在一个集体，总是感觉有趣味，有信心，而且互相督促，谁也不甘落后，遇有困难大家发扬友爱互助的精神，也能很快得到解决。参加突击队，对贾三来说，这已经是第二次了。第一次的胜利经验更使他增强了信心。

　　他捏紧了手榴弹的木把，放轻了脚步，随着突击队的行列转进曲折的山腰里。在那里，几乎断绝了行人，丛密的绿草遮盖着波纹形的土层，一块水成岩耸立在他们的前边。他们暂时休息在石头上，等待

139

着后边掉队的同志。贾三放下了肩头上的步枪，挨着突击队队长的身旁坐下，队长身旁放着一把大砍刀、干粮袋，还有大捆绳子和门板。他注视山冈深处敌人的据点，但视线却被山冈突起的锥形物体吸引住了，那距离不过二里左右的光景。他侧过脸去，在另一个山冈又发现了一个同样的锥形物体。乍一发现这两个灰蒙蒙的东西，他的心就如同拉紧了的弓弦，头部也充满了血液，似乎感觉到一种恐怖的喜悦。他悄悄地对突击队队长说："你看，那左边……是敌人驻在小军梁的堡垒！"

突击队队长点了点头，摇了一下驳壳枪。

"右边的当然是飞龙梁了。"贾三自言自语，"看情形不到一里地。"

"快到了！"突击队队长回答说，"我们应该和小军梁的突击队一齐动手！他们打响，我们也立刻打响，坚决把敌人的堡垒拿下来。"

"我想，牵制部队已经埋伏好了！"贾三自得地说，他摸弄一下手榴弹，"说不定这次要抽敌人的香烟呢！"

"我们的侦察员已经调查好了，堡垒里的罐头是一堆一堆的。还有日本香烟。"突击队队长拍着贾三的肩膀说，"只要你勇敢一点，勇敢一点。"

"我真想搞一支三八式步枪，是真的，这支七九枪……"贾三心花怒放地摸了一下膝头上的步枪，"我不应该换一支吗？队长，它像木头疙瘩一样……"

"那全靠你自己的本领……"

"你瞧着，队长，我准能搞一支三八式步枪，就在今天！"

突击队集合了，突击队队长提出了战斗要求，规定了行动和联络口号，队伍兴冲冲地出发了。

一会儿，突击队越过了曲折的山腰，踏过荒山野草，消逝在昏暗的夜色之中了。

小军梁接火之后，飞龙梁也和敌人接火了。

枪声打响之后，贾三悄悄地捏着步枪，穿过一片荒野，跃到堡垒外铁丝网的前面，伏在地上，做战前的准备工作。这时候，一个突击队队员用长长的绳子拉着铁丝网，铁丝网上挂的铃铛响了起来，一次又一次。随着那清晰的声音，敌人的机关枪和掷弹筒对着铃铛响的方向打过来，放在铁丝网上的手榴弹也开始爆炸了，一团爆裂的火花在天空里飞跃着，围着铁丝网的子弹溜咝咝地响着，掷弹筒的轰轰声也随着响起来，震撼着远近的山谷，清澈的回音在漫长的山冈上波动着。

突击队队长拿起了大砍刀，砍倒了铁丝网的木桩子，拉开一个缝口，突击队队员一个个冲进铁丝网里面，向着堡垒射击，借以掩护前面的同志破坏第二道铁丝网。虽然他们在破坏第二道铁丝网的时候，遭遇到敌人射击的阻碍，但是他们终于把第二道铁丝网破坏了，而且他们继续用那方法去破坏第三道铁丝网……

贾三走在突击队的前面，大胆地向着敌人的堡垒射击。随着战斗的进展，突然那种顽固的念头又在他的脑子里浮现，要缴获三八步枪。他兴奋地拉着枪栓，勾着机钮，他的手掌在枪声发作之后微微震动着，敏感的神经也随着震动着，火药的气息充塞着他的鼻孔。他们匍匐着前进，这时突击队已经通过了最后一道铁丝网，接近堡垒了。

贾三紧跟在突击队队长后面，不放松一步。他的身体越接近堡垒，心情越激动，也越感觉到危险，同时他也感觉内心有一种渴望决战的意志。在他的身边的一个战士突然大声地喊起来："同志们！冲啊！我们要缴敌人的三八枪啊！"手榴弹开始在堡垒的附近炸裂了，他也意识到应该是甩手榴弹的时候了。于是他匆忙地取出手榴弹，用手指握住了手榴弹把上的一根弦，他扬起胳膊向堡垒投过去，他还没有看见手榴弹爆炸，敌人的掷弹筒已经打过来了，灰土和火光罩在他的身上，敌人的机关枪也向着突击队这边频频地扫射过来，在一分钟内，突击队里的一个战士牺牲了，一个挂了花。冲上去的突击队队员暂时停止在那里，有一个靠近堡垒的战士也退了下来。

"队长！怕攻不下来……"黑夜里谁在颤抖地说着。

"一定把堡垒攻下来！"突击队队长严厉地叫着，"怕死鬼！你们忘记上级给我们的任务了。"

　　贾三隐蔽着自己的身体，偷偷地向着堡垒的近前摸上去，他发现堡垒的一个枪眼，于是麻利地把手榴弹投进去，立刻，他听见堡垒里突然响起爆炸的声音，石块的坍塌声混合着惨痛的呼号声，形成了一片混乱，堡垒的机关枪的扫射也停止了。他狂热地站起身子向着突击队队长打招呼。突击队队长立刻带着突击队冲上来，占领了堡垒外的死角。但是贾三已经倒在自己同志的面前了，挂了花，他倒下去的时候，还在快乐地微笑着。

　　战斗结束以后，突击队队长背着贾三走下火线，贾三反抗着，因为他还念念不忘要获得堡垒里的三八式步枪。

一九四二年

杨芬的苦恼

响亮的枪声震荡在迂回的深谷里，音波随着空气的密度拉长，飘散在水面上，飘散在肉桂色的荞麦田上，击碎了沉静的空气，沉淀了的秋天苍空也失去了它原有的矜持。

杨芬停在山根下一条茅草道上，把她的纤细手指从背包里慢慢地伸出来，扶着耳轮，做出一种拢音的姿势。她需要知道枪声发出的方向和它的距离。此刻，她的脸吓得苍白，望着远处山头上的云朵，灾祸的念头不时地从她的脑子里涌现出来，带着神经质的激动，她的不落体的心魂一直没有恢复平静的状态。

还在反扫荡以前，她和周琳同时被县救国会派到乡下检查工作，回来又到区里去组织担架队。当他们分手的时候，她感到惘然与失望。那青年男子的矫健姿势永远凝固在她的脑中，变成一块僵硬的化石。五天以后，战争的火焰向着每一座绝少人迹的荒山蔓延了。她被驱逐着，不能停脚也不能安静地喘一口气，因为恐怖作祟，在她的意象中常常出现一只巨齿獠牙的野兽，厌恶地跟随在她的后面。

"现在叫我怎么办呢?"她转入了一条僻静的抄道，开始踌躇起来了。她茫然地爬上了一座长满苍子的土堆:听一听动静，然后走下来折入一条宽敞的大道，走了几十步又停一下。她不知道自己的身上丢掉了些什么东西。

枪声又响了，掺杂着石板路上交错的马蹄声，如爆竹联放。嗖嗖的子弹划过，把宁静的天空划开了一个口子。

有一列漫长的队伍突进了山口，蜿蜒地蠕动着。在队伍的前边奔驰着五匹青马，撒开蹄子燕飞似的穿过了一带宽沟，骑马的人骄傲地挺起胸脯，扬起鞭子，铁的马掌踏得宽沟里的碎石片飞溅，直跑到杨芬的面前，他们猝然停止了。

"同志，你是哪一部分的？"披着日本黄呢大衣的支队长打着江西腔说。

"我在县妇救会工作。"她说，闪一闪眉毛，从她那惊惶的表情中透出一片欣色，"我和县救国会失掉联系了，方才我听见枪响跑到这里来，你们知道敌人在哪里吗？"

支队长的两只小眼睛频频地闪着光，似乎他在打扫战场时意外地发现了稀罕的胜利品。

"现在敌情不明，你一个人走路会碰到危险的。"支队长同情地摇着头，他取出望远镜做出一种侦察情况的姿势，"敌情不明，你和我们一块打游击吧，你一个人是有危险的。"

"打游击……"她迟疑地自问着。

"就跟我们一道打游击吧！特务员，把马让给女同志骑。"

一个青年特务员迅速地跳下了马，把杨芬扶到鞍子上，引上了镫。支队长神气地扬起了鞭子，后面的人跟着他一溜烟儿闯进了一片密密的桦树林。

队伍像断了线的珠子跟着马尾巴滚进来。枪声震响着远处的山谷。

到了宿营地，支队长把杨芬从马上抱下来，拍去了她身上的尘土。她晕涨得低垂了头，一声不响地走进了悬着蛛网和堆满纸片的空房子里，孤寂地惘然地站在房中，凝视着窗外的一角蓝天。但却又被一种锵锵的金属声所惊吓，她发现青年特务员给她送进一盆洗脚水，铜盆已经放在她的面前。然而她没有一点情绪，她懒到连袜子也不想去脱，只惴惴地联想起支队长方才的姿势，她红了脸，心脏在跳着。

"我是多么没有主意呀！"她问着自己，她需要为着自己的行为找出一个答案，她为什么要到这里来，以及她到这里来抱着什么目的。她不能解释，她想不出今后怎样才能和妇救会取得联系，也无法预料今后在生活上会出现什么问题以及如何处理。她明白她在处理许多问题上显得过于天真，虽然过后想起来有些冒昧，甚至承认自己是极端的愚昧。

走到支队部的门前，她背诵着自己所预备好的意见，她听见里面有两个人在谈话，她又等了一下，之后，她下定决心，终于慌张地跑进办公室去。在那里，她立刻看见了支队长勘察着墙上的军用地图，一只手指示着上面的小红点，一只手摸弄着红绸子缠起的手枪，一张黧黑的面孔被日本呢大衣衬出异样的结实。

参谋长和政治部主任面对面坐在一张小木桌两边谈天。她开始感觉到精神上的一种不安，一种能够体会到的烦躁和苦恼。

她走到军用地图的前面，和支队长保持着适当的距离，她本来要说自己打算离开游击队并对游击队给她的照顾致以谢意，但她呆了两分钟，沉默着，除了审视支队长出现的骇异的表情，她并没有能够开口。

"敌人从大王村插过来，要占领井镇。"支队长从容地指画着军用地图说，他的粗哑的嗓子似乎在对她说明一样，"主力集中，早晚要打仗，道路给敌人封锁住了。"

"封锁……那么我怎么办呢？"她焦灼地皱皱眉。

"你就跟我们打游击吧！顶保险，也不能做敌人的俘虏。哈哈！"

"不！我要回县妇救会去。"她摇头，"还有工作要做。"

"你做过文化娱乐的工作吗？"

"我演过一次戏，但是效果不大好。"

"这就行了，你演过戏，"支队长高兴地笑着，"好得很，我们的火星剧团到处拉女同志拉不到。"

"支队长，我对你说过了，我演剧的效果不大好。"她正经地解释说。

"效果不大好也没有关系，只要是女同志……你在支队里锻炼一下，你的政治会有很大的发展。"支队长放下了手枪，走到她的面前，两只闪着亮光的眼睛盯在她的脸上，"你明白我的意思吗？留在剧团里，我愿意帮助你进步。"

她敏感地意识到支队长对她所表示的一切，涨红了脸，现出羞涩和惊恐的神情，她在情感上已经接触到使她避讳的东西。她开始往后退，下意识使她要避开这种使她不安的感情。当她挨到木桌的前边，她骇异地发现参谋长和政治部主任都已偷偷地溜走了。特务员到伙房里去打开水，门是紧紧地闭着，只有军用地图上的小红点，放射着光圈。

"你明白我的意思吗？杨芬同志，我愿意帮助你进步……"

支队长的声音在颤抖着。用他痉挛的手指从身上摘下一支钢笔，接着就把钢笔插在她的身上。

"支队长，我不……"她低着头反抗着。

一群担架队员突然拥进院子里。领导担架队的是县青救会主任周琳，他走到支队部门前来敲门，吆喝着，使屋里两个发窘的人都换了一口新鲜空气。

周琳是杨芬的同学，他们有着共同的理想和目的。抗战前，他们就已经突破了要好同学间那种感情的限制，隐约吐露一些心愿。有时也跑到城郊去做缄默的散步，看电影，参加学生运动。在彼此的诚实性格上取得一种信任，一起憧憬着革命事业和幸福的前途。抗战后，他们又同在县救国会参加群众工作。他们继续保持着深厚的友谊，彼此尊重与爱慕。在学习和工作上互相说一些鼓励的话。第三者常常拿他们的亲密关系来开点小玩笑，使他们当场红了脸。虽然在她的心里感觉到有些不自在，但同时也感觉到高兴。

周琳来到支队部以后，她就知道他听到了一些关于她的谣言，但是她看到他的脸上仍是一副坚定而信任的表情，她很安心。第二天他就急匆匆地带担架队到火线上救护伤兵去了。回来的时候，他的嘴巴上已经多了一把胡子。在军人大会上，他听着支队长作着鼓动的演说，并且频频注意她是否被支队长的演说所打动。

杨芬挤在剧团的小鬼群里，缩着身子，她的红眼圈却不自主地被吸引到周琳身上，她也看见他在望她。他的眼睛里充满了一种惊异的神色，表明他的怨恨和不高兴，杨芬因为他的表情感受着痛苦。

散会以后，周琳快快地走到她的面前，局促了一下，他漫不经心地去触摸她胸前的钢笔。

"派克，杨芬，这是你的胜利品吗？"

"是支队长送给她的。"一个顽皮的小鬼插入说。

"那么，它比胜利品更要珍贵了！"

杨芬怪难为情地低下了头，烧红了脸，她不能也不愿向他解释什么，她看着他的手指厌恶地离开钢笔的时候，她愈发感到悲哀了，她也憎恨那支带给她痛苦的派克笔。

一天的晚上，他们散步到一条荒山上，谁也没有说话，偶尔互相望一望，似乎想要说些什么，但又为一种莫名的烦恼而停止了。到最后，还是杨芬忍耐不住地对他说："周琳，你有什么话要说吗？"

"我想……我有一点感想。"周琳沉下了脸，在迟疑中斟酌着词句，"我不知道为什么带担架到这里来，是怕受良心的谴责吗？明知道我来之后，又要失望。"

"你失望什么？"她故意地问着，弄弄手指甲里的泥土。

"我失望什么，我相信你会明白的……"周琳用他那战栗的声调压制住痛苦的情感，转成沉重的呛咳，"我的失望，正是因为我对别人太忠实的缘故。"

她皱一皱眉，暗暗地思考着他的话。

她没有再答辩，只回味着那酸辛的语言。逝去的幸福生活雾一样地涌现在她的眼前。那里有春天的气息，那里有良夜互倾衷情，每一种生活画面，都刺痛地划在她心上。于是在她苍白的脸上笼上了比雾更浓的伤感，眼眶里汪着眼泪，她绝望而又憎恨，担负着痛苦的重担。

"今天我说什么呢？我是不能求谁了解的，也不必……谁愿意误会就误会吧！"她激动地摇着手臂，企图自己安慰自己。

"误会，可是事实不能不使人相信哪！"他带着一种挑战的调子叫着，浑身发抖。

"事实，你说明白！"她严厉地质问他说，"我有什么事实使你这样讨厌？"

"我没有讨厌，反倒为你高兴呢！"他俏皮地回答一句。

"你高兴………"

"你已经找到了理想的工作，难道我不为你高兴吗？"他带着一种报复的快感喊叫着，如同从喉咙里拔出一个活塞子，"当然剧团里的工作要比县救国会里好得多，受优待，要叫我也是喜欢。"

"我知道你是会这样说的。"杨芬冷静地注视着他，她的眼神中除了责难以外，还含着一些怨恨，"任你歪曲事实，任你不了解我吧！"

"我不了解你吗？"

"你不了解！"

"我不了解你，哈哈！见鬼。"他耸耸鼻子，浮着恶意地冷笑说，"我想，送给你钢笔的人一定会了解你的。"

"你说什么呀！你是什么意思！"

杨芬绝望地掩盖着脸，悲伤地哭泣起来，眼泪滴到苍黄的叶子上。当支队长骑马从远处跑来的时候，那泪珠立刻被尘土混合成泥土了。

随着战斗的延长，杨芬在支队部里的生活越发巩固了，同时她也感觉到这对自己的前途愈是不利，她带着一种恐惧的感觉在支队里继续工作下去。

当凉风卷起黄叶的时候，她怅然地望着天空悠悠荡荡的云彩，她想起了云彩下的田园，她羡慕着云彩的自由，她也曾想把自己变成云彩的化身，她做着荒诞的梦。

在一个寂静的黄昏里，只偶尔听到街头哨兵喊口令的声音，宛如置身在荒坟上那般孤寂。屋子里只有她和支队长两个人，寂静中充满了紧张的气氛，被这种气氛所侵扰，她两手抚着胸脯，竭力要使心灵平静下来。她把自己的视线投射到军用地图的小红点上，似蜗牛般地移动着，渐渐地，她的羞怯的目光终于在支队长的脸上停止了，她注视着他的耸起的腮肉呈现着剧烈的抽动，从这张脸上，她看出他也被这种气氛所侵扰，感情上发生着巨大的波动。

支队长摇晃着被枪托磨出膙皮的手掌，抚摸着脑袋。他焦苦地睁着渗血的眼睛，企图寻找他所希望的东西。

"你的问题已经考虑过了吗?"

"我没有考虑的必要。"她冷静地回答说。

"没有考虑的必要，是的! 是没有什么考虑的必要了。"他一个字一个字重复着说，声调中充满了快活，预期着一种胜利，"没有考虑的必要，那么就请组织批准吧!"

"你说什么!"她的口吻充满着惊讶和疑惧。

"请组织批准我们结婚!"他迸发着脆快的唇音，红肿的眼圈燃着亮光了。

"结婚? 那不可能。"杨芬被逼得无可奈何，只好说出自己的真情，"你不知道吧，我已经有了朋友。"

"真的吗?"

支队长的快活心情立刻消失了，他懊丧而失望地倾听着她吐出的不祥字眼，如针尖猛刺他的心，鞭打着他的灵魂，他想到自己的所作所为，感到自己的行为实在太鲁莽了，理智使他清醒过来。他低垂着头，那股在战场上的英雄气概不见了。他好像打了一次败仗，有些心灰和自疚。沉默了一会儿，他终于开口了："对不起你，杨芬同志，我不知道你已经有了朋友，我给你增加了精神的负担。"

杨芬吃惊地望着支队长那酱红色的脸孔漾出友善的表情，心里立刻升起一种感慨之情，她没有想到外表近乎粗鲁的支队长竟是这样一个正直善良和值得敬重的好同志，也不由得产生了一种内疚的感情，她低着声说，那声音简直叫人听不见："支队长，我也对不起你……"

"好吧，这件事就这样结束了。"支队长立即用爽朗的口吻说。

杨芬被他那豪爽的作风所鼓舞，大胆地提出了自己的要求说："支队长，我想离开游击队，回县救国会去。"

支队长猛地站起来，做了一个要走的姿势说："好吧！"

杨芬的惊恐心情解脱了，她收拾好自己的行装，庆幸自己将要和周琳会面。她独自走出门去，转到一条僻静的山沟里。当她踏上荒沟里残败的树叶时，她立刻想起周琳和她一起散步的情景，一个温存的意象在她的脑子里晃动着。她需要他的温暖，向往着和他见面，把这一切都原原本本地告诉他。她相信一定会得到他的理解和信任，也会对支队长产生赞佩的感情。她看到了她和周琳与支队长之间的间隔，要在纷飞的战火中进行磨炼，接受革命的洗礼。

山谷里的寒风吹拂着她。秋天快要结束了，旷野是荒凉的，然而，她的心中却是异常兴奋，她欢快地迎着柔和的朝阳走去。

一九四一年十二月

150

宿 营

——追忆亡友白乙化同志远征察哈尔时即景

　　快到宿营地的时候，战士们因为长途的行军涣散了队形：断断续续的如同脱了节的绳子。已经是十一月了，察哈尔的隆冬天气使人感到分外苍凉。卷落在战士们身上的核桃叶带着冷腥的气息，帽檐上闪烁着从远处桦树林里带来的雪花。枪杆是透骨凉的，干粮袋冻得成了一根冰柱，斜飞的沙砾不停地向着用麻绳捆好的背包吹打着。在团直属队长长的行列里，不时响起吹哨子换肩的声音，伙夫担子的撞击声，以及夹杂在架线班里的嘈嘈声，从远处的山冈上扬了过来。

　　团长白乙化从直属队的行列里岔出来，骑着小红马，扯起嚼子，扬着鞭子，驱使着马向着前面的苍凉的山根走去。当他驰过队伍前面的时候，他关怀地对着战士们投射着亲切的目光；他看出他们的脸像是浮着霜一样的苍白，眉梢涂着炒面的粉末，耳朵冻得红紫，冻僵的手掌在步枪的背带上抽来抽去。他从鞍头上抬起了胳膊，用手指擦了一下眼皮，友爱地点着头，鼓励掉队的同志加油前进。一个青年司号员慢慢地走过来，抛掉了用莜麦草编成的防空圈，斜背着一只饭包和一只淡黄色的五音号，默默地望了白团长一眼，好像在问："快到宿营地了，叫我吹休息号吗？"团长向他微笑着，摇起鞭子，驱使着马迅速地向着前边的山村奔去。

　　他是三十岁左右的青年人，有着关东人一副爽朗而朴质的面孔，下颏稍长，鼻子像是笔架突起的梁，两腮边的连毛胡子卷了起来，显示出少年军人特有的英俊；额下的眉毛浓浓的，长长的，环锁着他那发着银白色的眼光，使他的面部充满了一种英武的气概，但并不能造成使别人不愿意和他亲近的印象。他对于朋友是慷慨的，对于工作是积极的，对于人民是热爱的。无论是当他在大学里读书的时候，在地下工作的时候，还是带领军队打仗的时候，他总是为着真理付出重大的代价，甚至不顾惜自己的牺牲。几年来，战斗的经验逐渐地丰富了他，使他获得一种掌握部队的巧妙的艺术。这次他从平西军区领了战斗任务，率领着两千名战士，越过了恒山山脉层层的峰峦。在雪地中行走，在荒漠的山谷里宿营，在石窟里饮马。为着完成任务，他终于带着部队向着察哈尔的边界转来了。

他轻轻地扶着鞍头，撩一撩疲涩的眼皮，信马由缰地向前行进。这片刻的休息恰好给予他遐想的机会，他的心怀是怎样感受到开阔呀！他记起了十年前，带领着几千的义勇军在东北草原上行军的情形。他记起了一二一六运动，北平的王府井大街上拥满了示威者的行列，他奋勇地踢倒了警察，从对方的手里抢下了水龙和大刀。他也记起组织游击队离开绥远东北垦区的生活，为了和敌人周旋，他在雁北和黄河两岸扩大了队伍。他对于那紧张的生活是怎样感到兴奋哪！他想不起当时的痛苦来了，反而引导他的精神走向一种快乐的境界，行军的日子愈久，他越发觉到他的精神更接近那快乐的境界。自从平西小龙门出发以后，他已经经过了五天艰苦行军的生活；满天星斗时便宿营，他检查着部队的行军纪律、卫生、防空，布置警戒，倾听着侦察员对于敌情的报告。为了计划行军路线、勘察地形和询问向导费去了若干的时间。

山庄中，向晚的阳光把几家的茅屋渲染成淡黄色，腐朽的山药蛋秧子搭在石头墙上，门旁的一条长尾黑狗向着陌生人汪汪地叫了起来。当直属队走进村子的时候，他也跳下了马，把嚼子递给驼了背的老马夫，扬起轻快的步子走向村边的一片广场上。他发现蹲在筱麦草堆上的战士用开水冲炒面吃，机枪射手伏在日本牛皮包上打瞌睡，民运小组的组员向他周围的老乡宣传抗战的道理，管理员同村长谈着粮食的问题，他想："一营已经到了好些时候了！"他看见了那个矮得像木桩子的一营营长，他也看见了一脸正经表情的参谋长匆忙地从一家门口里走出来。

"一营住这村子里吗?"他问着参谋长,敲一敲帽子上的灰土。

"在这村子东南三里地,还有茨里沟。"

参谋长踉跄地奔到前面来,把手插到图囊里面,从里面取出了一张军用地图,注视了一会儿说:"这个村子只有十几间房子。"

"战士需要房子休息,还要准备战斗呢!"白团长立刻想到战士们疲倦的情形。

"想不到更好的办法。"参谋长失望地说,他把地图放进图囊里,"团直属队就要占许多房子,附近又没有别的村子。"

"把向导找来问一问,特务员!"白团长耸动着面颊上的胡子。

过了一会儿,特务员把向导领来了。向导是一个五十多岁驼了背的汉子,秃光的头顶,脱掉了牙齿,穿了一身用各种不同颜色打着补丁的旧棉袄,腰间扎着一根结着疙瘩的绳子。他的手里拿着装了五斤莜麦的布袋,那是当他离开家的时候带出来的唯一的一点口粮。后来,他在半路上碰见了军队,他便给军队做了向导。他是一个热心肠而好唠叨的老头子,一路上他和白团长不停地说着话。他告诉白团长他是一个放羊出身的长工,做过小贩,抗战以后,他做了村农救会组织干事,因为受了西合营敌人的扰乱,他把他唯一的儿子送到八路军里去当战士。他告诉白团长他出来为了找自己的儿子,让他的儿子去打西合营的敌人。他说话的时候颤抖着声音,眼眶里充满了泪花,当他望见远处山口的村落时,他显得伤感地慨叹着。

"鬼子没有把房子烧掉吗?兔子还有自己的老窝呢!"

"我问你,老乡,前边的村庄就是茨里沟吗?"白团长拍了一下向导的肩头。

"茨里沟在山口处,出口二十里就是西合营了。"

"你很熟悉吗?"

"熟悉,那里山上的每一块石头,我都认得的。"向导提一提布袋,似乎有什么东西被他记起似的,他怅然地摇着头,"我是茨里沟的老户,从我的祖先到我,辈辈住在那里已经五代了。"

"现在你逃出来了？"

"团长，不是敌人要烧房子，现在我还不会逃出来的。"

白团长和向导都没有讲下去，因为感受到感情沉重的压抑，彼此缄默了。参谋长想起了宿营的问题，和气地问着向导："老乡，附近还有村子吗？"

"西北三里有光葫芦山。"

向导指点着西北方一带漫平的山冈，坦阔而光秃的，半山腰有几株柳树突出了它枯干的枝丫，苍苍的白草梢掩盖着岩石。视线越过山背，隐约可以望见山腰里一带暗灰色的房子，烟柱从房顶上升起来，有几只雀鸟在那秃光的山头上打着旋。

"光葫芦山？"白团长疑惑地把脸转向参谋长那里。

"地图上没有这个名字。"

"上面是光华山。"参谋长仔细地盯着地图说，"看地图上的距离，里数也不正确呢！"

"是光华山。"向导神秘地微笑说，"老百姓叫作光葫芦山。"

"旧戏里好像有光华山的名字！"白团长皱着眉毛思索着。

"就是那个光华山，"向导智慧地回答说，"你们走过来的甸子梁，就是那个雪山呢！幸而八路军的运气好，倘若刮一阵西北风，你们就得统统冻死在梁上了。"

三个营的战士和直属队全聚集到广场上来了，戳在地上的是一排排漆黑的枪杆，两旁架着三条腿的机关枪、子弹箱、无线电收音机。参谋长和管理员匆忙地在村子里跑着，通讯员传达着命令，老乡们担着水桶以及战士们抢着喝水的情形，使这个沉寂的山谷里形成了空前未有的喧扰。在卷起了的一杆团旗下面，胖子政治处主任出现了，他一边走向白团长，一边叙述着行军的情形："一营的一个班长病倒了，路上找不到担架，骑我的马一直骑到这里。"

白团长向着胖子政治处主任微微地点着头，似乎他领会那困难的情形，没有回答什么，只是智慧地望了对方一眼。"你明白，我们还有战斗的任务呢!"他扭过头去,遥望着群山外一片皑亮亮的平地,伏在向导的肩头上问着,"那里就是西合营吗?"

"西合营。"向导点头答应着。

"西合营……"白团长沉吟着,"路好走吗?"

向导听到白团长问路的情形,非常高兴地笑了起来。

白团长从特务员的手里取过一只望远镜,放在眼眶上,对准了光,向着山外平地上一片稠密的树林眺望着。他发现了掩藏在树林里的是一排一排突出的屋顶,有一座高出屋顶一倍的建筑物耸立着,他猜想它是敌人的堡垒。那里的景物是寂静的,周围几十里全反衬着皑亮亮的雪光,像是一片无垠的白海,使人发生一种畏惧的情感。

"那里好大雪呀。"白团长放下了望远镜,不由得叫了起来。

"雪非常大,部队向那里运动的时候,会把目标完全暴露给敌人。"参谋长放下了望远镜,开始踌躇起来,"你说是吗?简直没有一点掩藏的地方。在夜里雪地上行军,也会听见动静呢。"

"那是前天新下的雪,脚踏上去,不会有动静的。"向导向着白团长鞠躬,注视了一下手中的布袋,"团长,我盼望着八路军眼睛盼红啦!上天不下这场大雪,敌人早就出来把这一带的房子烧掉了。"

白团长再一次用望远镜观测着平原上的雪,他觉得村庄的景物更加寂静了,雪更亮了,他看见行人的道路。

"敌人的堡垒外有铁丝网吗?"白团长盯着向导的脸问。

"有是有的,团长,敌人的铁丝网是不结实的。"向导信口回答着。

"堡垒外有壕沟吗?"

"有一道浅浅的壕沟。"

"敌人有多少呢?有皇协军吗?"

"连皇协军加在一起,也没有多少,一打就垮。"

白团长又详细地问着关于敌人的质量、武器配备、地理条件,以及和居民的关系。当向导说到西合营街道的情形时,白团长立刻用望远镜望着那里,心想着那里,仿佛他带着队伍走到那里,他尝试着战斗所给予他的危险与快乐。在他的脑子里模拟着打下敌人堡垒的情景，穿着黄呢的日本兵死尸躺在堡垒的外面，雪地上染着血，活下来的敌人，有的逃到老百姓家里，有的做了俘虏。老百姓纷纷地抬着东西来慰劳，一边赞扬着八路军的勇敢，一边惊叹着缴获的大批武器。他不会因为老百姓称道战果就骄傲，因为在战斗的部署上他花费了若干的苦心，战士用自己生命付出了重大的代价。"重大的代价……"他悄悄地对自己说，他立刻想起了那所谓重大的代价是什么。那平地上的白雪又反射到望远镜里，刺激了他的眼睛。他不自觉地浑身打着冷战，连连地念道："好大的雪呀！"

他集合了全团的营长和教导员讲话，他告诉他们关于宿营地的分配、封锁消息、警戒的方向和准备战斗的事项。他们走后，他也带着团直属队向茨里沟出发了。

当队伍踏进茨里沟村头的时候，苍茫的夜色已经笼罩着村的周围。不整齐的房屋错落在一条石板路的两旁，烟囱屹立着，低垂的檐角掩盖在岩石和树的枝杈的下面。黄昏里羊群在咩咩地叫着，狼在荒山吼叫着，石板路上战士们的沉重脚步击撞着夜的死寂。

白团长下了马，把马缰交给了马夫。他挺起了腰，沿着不平的石板道路移动着脚步，走向山壁下的黑影中。夜风森凉地吹打他的额角，他恍惚地意识到走进了荒凉的野地里一样。直等到向导咳嗽起来，用手掌击着门板，而且说明院子里没有人的时候，他才明白走进了村子。他提一提精神，吩咐特务员到老百姓的家里去看房子。

"房子空了。"向导喃喃地说。

"别的人家呢?"

"别的人家大半也空了！"向导望着街梢，有一阵啪啪的敲门声从远方传过来。"你听，那家也空了，同志们在打门呢！"

敲门的声音从两三个不同的方向传过来，紧得爆豆似的，接着是那干涩的嗓子喊叫"老乡"的声音。饥渴的马咴咴地叫了起来，还有一些不谐和的声响在浓重的夜色里爆发着。

特务员擦着了火柴，点起了一只生了锈的二号马灯，他引导着白团长走进老百姓的房子里。空洞洞的房子里抬走了锅，搬走了家具，连墙壁上挂衣服的钉子也拔掉了，似乎它在等待敌人来结束它的悲惨的命运。他们走了四家，没有碰见一个老百姓，当他们走到第五家的时候，他们意外地发现了一个白发苍苍的老太婆。她弯着腰端着一只盛着米汤的瓦盆，一只尖下巴的黄色小狗乞怜地依偎在她的身边，舐着她的手，摇摆着尾巴，然后贪婪地把它的尖下巴狠命地插到瓦盆里去。白团长放轻了脚步，呆呆地望了老太婆一会儿，心里想着："这是多么可怜的一幅景象啊！我能给她做些什么？"他紧迫地呼吸了一口气，绕过特务员提着的马灯，悄悄地走到老太婆的前面，温和地问她说："老乡，你的家里还有旁人吗？"

老太婆抬起头来，放下了瓦盆，用她那吃惊的眼睛瞧着站在她面前的一个高大的军人，恐惧的感情立刻袭击了她，表示绝望地摆着手，哀求着："皇协军老爷……我没有一个钱……"

"我是八路军，你不认得八路军吗？"白团长热情地叫着，从老太婆喉咙里发出的凄惨的声调，刺痛着他的心。

"团长，你看。"特务员叫着，"她一定叫汉奸队欺负怕了。"

"你的家里，还有旁人吗？老乡！"

老太婆不理解地想着，终于又摇了一次她那痉挛的手指。

"这老太婆一定是聋子，她什么也听不到。团长，我们走吧！"

白团长从老太婆的家里走出来，借着马灯的闪光沿着大街快快地走着。薄弱的灯光闪烁着，老太婆枯槁的影子再三再四地浮到他的脑海中，他对于那悲惨气氛中的人物感到非常难过。那老太婆无非是中国几千万遭难的同胞之一罢了，光同情是没有用处的，应该积极地组织战斗。他想到这里，像一个小孩似的愉快地微笑起来，点着头："我明白这道理，我不是知道得很清楚吗？"

走到街上，白团长看见街上已不像先前那样喧扰和纷乱了，战士们全部走到被分配了的房间去休息，马被拉到马棚里，架线班已经架起了高高的木杆子。在政治处的院子里，有两个小鬼争洗脚水吵了起来。

末了，他走向一条僻静的小胡同里，他发现左边的院落里有另外的两个人在吵嘴，他听出是管理员和向导两个人的口音。于是他停在那里。

"队伍用多少粮食，给你多少粮票，又不是白吃你的！"管理员气愤地说。

"我知道，同志！"向导小声回答。

"你知道，为什么不把公粮拿出来？"管理员追问着。

"我不是说过吗，把我的几斤莜面送给你们好了。"向导哀告着。

"见你的鬼！我们有六七百人，难道等你的几斤莜面来吃饭吗？"管理员愈加气愤了。

"那么，叫我怎样办呢？"向导低低地咳嗽了起来。

"你领我去找别的老乡，你告诉我他们把粮食藏在哪里。"

"我不知道，我离开家已经两天了。"

"你装糊涂！你不知道，等日本兵来，打你的耳光，你就知道了！"

"我真不知道，你想，八路军给老百姓打仗，难道我还不拥护吗？"

"你拥护八路军，就把粮食拿出来吧，现在正是八路军没有粮食的时候。"

白团长想走进那院落里，去制止管理员对于向导的行为，他觉得那动员方式是违反群众纪律的，会影响群众对于八路军的政治信仰，应该受批评的。他想要严格地责备管理员，而且，他要对管理员说的一些责难的话也想好了。刚刚迈开了脚步，他听到管理员又在对着向导讲话了。这一次管理员的声调是柔和的，没有强迫的口气，用一种恳求的声调说明群众应该对八路军帮忙以及八路军困难的情形。他又停了脚步，望着左边深沉的院落，思索着：管理员说得对，八路军正处在困难的时候，战士们背袋里的粮食只够一天用的，第二天又怎么办呢？除非不得已的时候是不能动用背袋里的粮食的。老百姓几乎逃光了，万一遇到战斗的情况发生……现在不能严格责备管理员……

他拐过了左边院落的墙角，碰见了参谋长和刚刚从里面走出来的向导。他们共同地向着一所空阔的院落里走去。

白团长踏上了砌在石墙中间的一条甬道，走向那黑洞洞的房门，弯下腰去，两手摸索着前面，他的身子如同被巨口吞噬了一样。他嗅着从森暗的角落里散发出苦腥的气味，他触着参谋长的胳肘说："你闻，我们打门头沟的时候就有这味道，死人的血……"向导跟在特务员的后面，摆着八字脚步，咳嗽着，当他听见白团长的讲话，他恶心得吐了一口痰，改正说："不是血，一定是埋在地下的山药蛋冻坏的味道。"

"你怎么知道地下埋着山药蛋？"

"团长，这就是我的家呀！"

"你的家？"

"我离家两天，现在什么都变了！那块门板呢？那只小缸也不见了！这全是日本鬼子的罪孽呀！团长，我盼望八路军眼睛盼红啦！"

向导伤心地叙述着西合营敌人对他勒索的情形，低着头，沉入痛苦的回忆中。他瞅着白团长，说着亲热的话，他的眼眶里盈溢着水汪汪的泪花。他热心地帮助特务员打扫房子，清理散在地上的乱草。他从土堆里扒出了吃饭的家具，找出一张木桌，把一张破了边的席子铺在土炕上。

白团长坐在炕席上，打开图囊，从里面取出一张军用地图，观察着地图上起伏的山岭、道路和村镇。末了，他终于发现在层层山峰外一个豆粒大黑色的圆点，圆点的下面写着西合营，圆点上又用红铅笔画了红圈，好像以前他就注意到那可注意的地方。"现在我来了，我更注意了！"他对着木桌上的马灯点点头，捡起了一根米达尺，测量着距离，审查着地势，并计算行军到达时间，他摇一摇头，他的心情已经飞驰到平原上无边际的雪地上去了。

他捻一捻马灯，马灯突然亮起来，地图上曲折的反光也更强烈了。猛然，他听见外面的风刮大起来，树干在摇撼着，房脊上的瓦片被沙砾打得吱吱响，高高的电线杆也投入了浩大的风势里摇摆着。当那些声音平息以后，他听见窗外一声干咳，他明白向导在想念自己的儿子。

"特务员，向导在外边吗？"

"团长，向导给我们烧开水哩！"特务员答应着。

"一定是你派向导的差使！"白团长不高兴地盯着特务员。

"不是我……团长，他自己愿意给我们烧开水。"特务员辩解着。

"我不相信，还有自己愿意干活的。"

"他自己愿意有什么办法，你不信我找来问一问。"

向导听到白团长的声音，弯着腰走进来，手里拿着一把柴草，神情不安地望了一下屋里的情形，他向着白团长鞠躬，又转向参谋长那里鞠躬。

"是我自己愿意，不关小同志的事。"

"一定是他强迫你。"白团长指着特务员对向导说，"你说真话。"

"我愿意给你们烧水，这就是我的真话！"向导搓着手背，带着恳切的声调说，"你们给老百姓打日本，老百姓就应该拥护你们。"

白团长没有作声，瞧了旁边的参谋长一眼。

"团长，我是拥护八路军的，我愿意给你们做事情，如果你们去摸西合营鬼子的话，当一个向导，我是甘心情愿的。"

"我谢谢你，老乡。"白团长做了一个感谢的手势，"如果需要你帮忙，就请你来帮忙吧！"

特务员把向导领到外屋去，白团长的目光跟着向导的背影一直到消失了的时候。他叹了口气，重新把目光转到地图上，对着地图上的红铅笔圈注视了很久。他记起了向导的话，想起了他所应该做的事情。他仰起了额角，出神地瞧了参谋长一眼。

"不晓得情况怎样。"

"侦察员回来就知道了。"参谋长用他那尖嗓子回答说。

"侦察员应该回来了！"白团长焦灼地望着窗外，"我想，西合营的敌人一定是空虚的。这次敌人对于晋察冀的扫荡，为了报复阿部中将的死亡，不是把兵力全都集中到一军分区去了吗？"

"敌人会在据点内留着足够的兵力的，至于西合营，我们等着侦察员的报告吧！"参谋长稳重地说，把肩膀依附在墙角上。

"我们是带着任务来的，对于群众的影响也应该注意到，不是吗？"白团长的眼光突然放大了。

"我们也应该注意到另一种情形。"参谋长老成地辩论说,"战士行军疲倦了,又没有粮食,我们是不能从老百姓的身上动员到粮食的。"

"假如我们打了胜仗,群众对于我们的关系也就不同了。我们的民运干事,不是可以去做动员工作吗?"

"这是工作薄弱的游击区,群众工作向来是很差的。万一打起仗来,就是动员担架也是困难的,那时候,我们怎样处理伤号的问题呢?"

"我是想到了这许多问题的!"白团长承认地点了点头,沉吟了一会儿,当他望着空洞洞的房子的时候,不胜惋惜地说,"等着敌人把它烧掉吧!"

"假如我们今夜去袭击敌人,也许明天敌人就把这村子烧掉了!"参谋长回答着,没有动弹一下。

白团长想到派遣一部分队伍去袭击敌人,他明白这袭击是不会有结果的,反而会增加部队的疲劳。他想到最好的战术是打埋伏,可是敌人对于八路军的埋伏战术向来是提高警觉的,何况敌人正当集中兵力扫荡晋察冀军区的时候,必然不肯出来。他想到用全团的力量去攻击堡垒,除开小部分的预备队和牵制队以外,他在计划战斗以前又开始踌躇起来了。他并不是畏惧着敌人的火力、堡垒的坚固,以及敌人被消灭以前可能从其他的据点赶来增援部队。他想到战士的身上来了,把半饥饿的战士们投入猛烈的战斗,平原上的风雪吹打着疲劳的身体,那无论如何也是他感情上一种重大的负担,他明白不能那样做,正如他不能用自己的手指伸到火盆里去抓取核桃一样。

白团长立起身子,提着马灯,摇晃着高大的个子向着外面走开了。他跑到政治处去,同政治处主任商谈着战时教育问题;他跑到连队去,他看一看连队里的战士有没有饭吃;他跑到村外哨兵的岗位去查哨;他跑到马棚里去看一看马的情形。一点钟后,他回到原来宿营的房子里,放下马灯,枕着图囊,躺在参谋长身边的破炕席上,昏沉沉地睡去。他没有睡得很熟,一直处在半意识状态中,仿佛他永远在惦念着他所不能忘怀的东西,是他所喜欢的那支二号手枪吗?战士吗?还是行军时被他记念着的路旁的一棵小树？他不能清晰地记得自己所想念的是什么东西。半夜时候，他听见参谋长那尖嗓子喊他吃饭，并且用胳膊推了他一下。他翻了一次身，又昏沉沉地睡去了。以后，他又听见向导的沉重脚步走进门口的嗒嗒声，特务员阻挡住向导，吵叫着。向导用一种乞怜的声调要求见团长，忧郁地咳嗽起来。他觉得特务员的行为不太好，同时他觉得向导的遭遇太值得同情了。他生气地跳起来，拍着桌子骂特务员："你为什么欺负老百姓啊！"他的身子抖擞了一下，终于醒过来了。

他揉一揉疲涩的眼睛，看见木桌上那只马灯还在昏昏地发着红光。地图和米达尺已经不见了，上面摆着一盆小米干饭和一盆山药蛋汤，饭和菜全冒着热气。在木桌的前面，站着一个穿便服的侦察员和一个持着电报稿的译电员，他们四只眼睛出神地瞧着马灯射出的光，似乎在等着什么。

"你是刚刚回来的吗？"白团长盯着侦察员问。

"团长，我是刚刚来的。"侦察员弯一弯腰，用他的右手去摸腰间的手榴弹，"今天上午，东团堡到了敌人二十三辆汽车，抓老百姓给他们修路。"

"你没有打听，从哪方向来的？"

"从涞源退下来的。"

"那么，西合营呢？"

"西合营也增加了日本兵。"

他慌张地摇着头，迅速地从译电员的手里抓过了电稿，念道：

白：

一、晋察冀军区的反扫荡已告胜利结束，残敌在退却中。

二、现敌增兵南口矾山等处，有扫荡平西企图。

三、目前紧急任务，保卫平西根据地，即速转移。

他看完了电稿，一伸懒腰，轻松地呼吸了一口气，仿佛有什么累赘的东西从他的心头上摇落了一样。他睁大了兴奋的眼睛，瞧着对面的侦察员和译电员，似乎他想证明他所知道的消息是实在的，并不是梦中猜想。他已经记不起向导以及向导指给他西合营大雪的情形了；他记起的是当他们出发时那个宿营的一个小小的村落，他爱着那里的老百姓和村里的生活，一切都是美好的，美好的……他的情绪兴奋得到了慌张的程度。燃烧着每一根神经末梢，似乎他的心灵已经和平西的敌人接触了一样，他用全副的力量在应付着一种局面……

"新的任务来了！我们要天明出发！"

他从炕席上跳起来，神秘地对着那电稿上的阿拉伯字码和用毛笔写的译出的汉字，凝视了很久。他急忙从衣袋上取下了一支钢笔，潦草地在一张白报纸上写了一个通知，把它递给参谋长，随后喊着通讯员到营部里去送通知，似乎他连出发时的集合场都想好了。

"现在几点钟了？"他问。

"一点三刻。"参谋长瞧着手腕上的小表。

"现在应该两点多了，不是你看错了？"白团长焦急地欠一欠屁股。

"一点三刻，一点也没有错。"参谋长没有再看表，冷静而自信地回答说。

"那么，我们就等到天明吧！"

他推开了木桌上的茶碗和饭碗，从图囊里重新取出了地图。他同参谋长一起察看着，找出电稿上说明敌人在平西外围增兵的据点，交通的联系，并估计到敌人进攻平西的路线。

他捻一捻马灯，马灯的光显得格外明亮了，地图上纤细的线条也显得格外清晰了。他注视了一会儿，猛然听得窗外的风刮得比先前更凶猛，仿佛是从西合营的平地上吹过来的，带着雪的冰森气。山头上的衰草哆哆嗦嗦地响着，还有瓦片的破碎声，哨兵盘查口令以及无线电的嘤嘤声。最后他听到他所骑的那匹马咴咴地叫了起来，他明白那匹马也在准备出发了。

一九四二年

母　亲

一

太阳钻过山嘴的时候，村里的人已经向荒山沟转移出去了。挨近敞棚的一条茅草道显得冷清而且零落，马兰草的黄叶子结着霜须，有的给马撕成碎片，有的给人的脚窝揉成了烂泥。有两棵结子的马兰棒落在牛粪卷上。仿佛行人刚刚从这里经过不久，女人和小伙子的鞋印还留在路旁，荒山沟里阒然无声，只有枯枝上的核桃叶子在戚戚地飘零着，落在靛青色的小河沟上面。

早晨，自卫队传说着马家坨有了敌情。村里的老百姓坚壁了粮食，带着锅和碗筷，牵着牲口，由五个拿手榴弹的民兵掩护向山上转移。上了年纪的吴老娘刚一出村，就落在后面了。她拖着一双沉坠坠的半吊子脚，站在敞棚前面的土埂上，喊着走远的小儿子。风堵住了她的嗓子，枯枝般的手指在寒冷的空气中颤抖着，摇着尖下颏，又惶惶地向着前边走下去了。

她走到小河沟的旁边。鱼梁上滚着小浪花，青色的石头上露着马蹄印。在那里，她没有看到她的小儿子，却看到了一个躺在担架里的伤兵，两个抬担架的自卫队员在旁边挂着杠子，麻绳染上了伤兵绑腿上的鲜血，情形是多凄惨哪！

"老乡，你们的中队长在家吗?"

来的人对着吴老娘摆着手，上气不接下气地问着，扯起腰间的布带子去擦头上的汗珠。

"他不在家。"吴老娘回答说。

"自卫队呢?"

"他们也爬上南山坡啦!"

吴老娘指点南山坡，人影混在乱苍石堆里，模糊不清了。

"难道村子里没有留下人吗?"自卫队员为了换担架，急得冒火了，用拳头打着大腿。

"你们去看一看吧! 村子里是一干二净的。"

无怪自卫队员发脾气，情况是十分紧急的，伤兵又是过多流了血，脸是蜡白色，皮包骨的下巴打着哆嗦，膝盖弯得像秤钩，粗黄布军衣戳了一个窟窿。吴老娘眼巴巴地看着伤兵痛苦的样子，想起了自己的小儿子，心灵轻轻地悸动了一下。

远远的山冈上响起了一声枪，一群乌鸦从亚麻色的苍林里飞了出来，上下打旋，乳白的雾片被穿得七零八落，如同玻璃的碎片。

一个青脸的自卫队员望了望天空，心慌意乱地绕着担架打转，跺着脚:"倒霉，到处碰到鬼子，真是冤家路窄呀!"

"往前面碰碰运气吧!"另一个自卫队员开腔了，嗓子有些沙哑。

吴老娘摇一摇头，告诉他们说:"那可不行啊! 鬼子……"

两个自卫队员踌躇起来了，一个摸着被杠子压得酸酸的肩头，另一个跷着打了血泡的脚指头，脸望着脸，眉毛阴沉得没有露出一线缝。沉默了一会儿，青脸的男人绕了一个圈子，没有劲地自言自语:"有个好歹，连我们自己的死活也顾不上!"

另一个瞧着伤兵的灰眼珠子，却没有搭腔。

这是临到了性命交关的时候。伤兵撩起了眼皮，看看两个自卫队员，又把视线投到吴老娘的身上，眼神里带着焦急与求援，那是怎样亲切的注视呀! 吴老娘心软下来了，脱口讲了一句:"同志的伤沉重啊!"

"现在大家死活都顾不上了。"

一个自卫队员讲完，另一个自卫队员悄悄地说："找个地方藏下就好了。"

"那么就抬到我的家里去吧！"

吴老娘答应了，对着伤兵点了点头。她转回身子，领着自卫队员向村庄里走去，在路上，不断自言自语："水帮鱼，鱼帮水，没有老百姓，也没有八路军哪！

二

吴老娘把伤兵安置在屋里的土炕上，从地窖里找出一床蓝花褥子，铺上了麦秸，放了一个枕头，扶着伤兵轻轻地躺下。伤兵头上的青筋在脉脉地跳动着，咬着牙齿，痛苦地哼叫着。她扯下了一条褥里布，伸手去裹伤兵的伤口，伤兵的腿肚子冒起了一层鸡皮疙瘩。她捺住他发抖的手腕，使他平静下来，安慰他说："同志，不要怕，有我在这里呀！"过了一会儿，他昏昏地合上了眼皮，于是她跑到外边去探听情况。

她踏上了风车的破木板，拨开墙上的枣树棵子，张望着空洞洞的房子、道路、玉茭地、山冈、苍林，统统都鸦雀无声。只有弯曲的小河沟在缓缓地流动着，翻起鱼鳞的小水花。自卫队员蹚过的河心浮着几片黄叶子。她想起伤兵来，走下了破木板，轻手轻脚地回到屋里来。每一次风吹草动，她都心惊肉跳一阵，疑惑敌人来了。

屋子里死黑的，墙根上散发着土的湿潮气和羊毛的臊味，还有一股咸涩的血腥气呛着鼻子。冷空气在屋子里荡着，木板上印着黑霉色的斑点，顶棚上的谷草叶子被风扇得萧萧响着。伤兵突然从昏迷中清醒了，扭了一下脖颈，眼睛像没有添油的菜油灯闪着暗光，望着旁边的吴老娘，仿佛想到什么满意的事情，从他那风吹裂的干嘴唇上浮出一丝笑容。

"他的眼睛动颤啦！"她看出伤兵有些好的征候，暗暗地欢喜起来，她摸着伤兵的心窝，听到肚子里咕噜咕噜地叫起来。

"同志，你的肚子空的呀！"

伤兵仿佛没有听懂她的话，皱皱眉毛，痛苦地喊着："刘班长……卫生员……抬我到……"

"同志，这里就是你的家。"

吴老娘知道他的嗓子发干了，关心地问着："你想喝水吗？"

伤兵没精打采地撩起了眼皮，又昏昏沉沉地合上了。

她费去了两袋烟工夫，七凑八凑找出了锅、碗、柴，烧好了水，叫了半天，伤兵没有答应一声。她含了一口温水，跪下膝盖，吐在伤兵的嘴里，直等到伤兵苏醒过来，她的心才落体了。

她最后走到门口去张望，她的放羊的小儿子从南山坡逃回来；看见娘站在门口，像一只蚂蚱扎到她的怀里。

"娘，你把我急死了，什么人缠住了你？"

她眉开眼笑地抓住小儿子的手说："这样凉！你没有碰到鬼子吗？"

小儿子搓一搓冻僵的手指头，呵了一口气，把听来的消息告诉母亲说："娘，五团在马家坨冲了一次锋，把鬼子冲垮了。你知道，五团的一个同志打仗可凶呢！他守马家坨山头，用手榴弹打死五个鬼子，又用刺刀刺死一个。他挂了花，才冲出敌人包围的圈子。"

"那么，他冲到什么地方去了呢？"母亲着急地问。

小儿子告诉她："在半路上碰到了担架队。"

"担架队抬到什么村庄去了？"

"娘，听说抬到咱们村庄来了。"

"啊……"

吴老娘吃惊地伸出舌头来，望着小儿子铃铛般的眼睛呆了半天。

三

光景久了，伤兵的身子渐渐地复原了，精神头也旺了。每天饭前饭后，他看到吴老娘亲热的脸，立刻有说有笑地扯起来，龇着大牙，话像滚水珠子喷到嘴唇的外边。他讲起在马家坨打仗的情形，讲起把守山头，掩护团主力转移，拼刺刀等，仿佛忘掉了一切的样子。

"八路军真行，个个都是好样的。"

她怕伤兵过于耗费精神，阻止他说："同志，养养神吧！你想吃什么补补身子呢？"

"我什么也不想吃，这样麻烦你使我真不安心哪！"

伤兵和老百姓的关系一向是搞得很好的；每次到宿营地，抢着给老百姓打扫院子、挑水、铡草，擦脸和洗脚水也是自己动手，买东西付钱，吃粮食给粮票，没有一处麻烦老百姓的地方。现在吴老娘殷勤地侍奉他，倒使他不安起来了。

"可不要麻烦哪！"

"我们倒麻烦了你们。"

"你说什么？"

"同志，你不讲平等哩！"她轻轻地推着他的胳膊，像同小孩子斗嘴一样地笑起来，"八路军给我们减了租，还吃优待粮食。"

伤兵吃惊地瞪大了眼珠子，撩起了黄军衣，扶着墙根坐了起来。

"那么，你的儿子也是当八路军的？"

吴老娘咧开了干嘴巴子，不知不觉地笑起来："我的大儿子在老八团，前年村里动员时候，妇救会主任给他戴上红花，送到区上报名。"

"你想他吗？"

"我看到穿黄军衣的同志，就想起他来。"

"无怪你对我这样挂心哪！"

"每一个八路军同志，我都没有当外人看待！"

伤兵渐渐地安心下来了，仿佛在自己的母亲跟前一般，不再拘束什么。

她对于伤兵的体贴无微不至。他的嗓子发干的时候，她走到灶头去烧水；他打哈欠的时候，她扶着他躺下休息；在夜里，她把自己的棉衣盖在伤兵的身上，不让他知道；她离开了门，嘱咐小儿子侍奉伤兵："你要小心照顾，人家是为了咱们打仗受了伤。"她为了保养伤兵的身体，用自己的口粮给他换挂面吃，煮鸡蛋、杀鸡子、蒸饼子、拉豆腐脑。伤兵吃得很顺口，可是他并不晓得豆腐脑是从哪里搞来的。

一天夜深人静的时候，伤兵被隔壁间的砰砰声惊醒了，声音像是鼻息，像是没有吃食的小猪打哼哼。他睁开眼睛看，一线灯光从土墙的黑窟窿里透出来，原来吴老娘和小儿子在隔壁间拉磨，小儿子用胳膊抱住磨杆，她在后面一边推着磨，一边用勺子对磨眼添豆子。白色的豆汁淌在她的裤筒子上，灯捻烧成了残灰，半死不灭地发着暗光，拐角和走道显得朦朦胧胧的。她看不大清楚，深一脚浅一脚随着磨杆转来转去，一直转得昏头昏脑，她的手还抓着勺子没有放松，到最后，小儿子困得打了盹，磨停下了。

"你看你困呆呆的样子！"她催促小儿子说，"使点劲吧！"

"娘，我放哨的时候就打盹了。"小儿子用袖子擦着眼屎。

"睁开眼睛，使点劲，队伍打仗的时候该多苦哇！"

第二天，吴老娘盛了一碗豆腐脑，放在伤兵的床头上，伤兵塌下的眼睛一直呆呆地望着碗，碗里豆腐脑的热气已经给吹散了。

"同志，你怕烫嘴吗？"她问他说。

"我怕麻烦你们，给我拉豆腐脑，弄得你们上下不安。"

"实在没有啥麻烦的，槽头养条小毛驴，套上拉拉磨，也很顺手。"她怕伤兵多心，只好拐弯抹角隐住了实情。

"你们没有驴……我看到你夜里拉的。"

伤兵想起了吴老娘拉磨的情形，眼泪禁不住流出来了。

"同志，你不要难过……"她不晓得怎样说才好，沉一沉脸，把碗筷放下了。

伤兵看到了吴老娘的碗里盛的玉茭糊糊，又看到自己碗里的豆腐脑，愈使他感动起来了。

"你吃玉茭糊糊哇!"

"八路军来了之后,我吃什么都是香的呀!"

吴老娘有一页哀痛的历史,她十七岁出了嫁,碰到荒旱年头,婆婆给她丈夫分了家,给他们两瓢玉茭子。临别的时候对她说:"大家不要饿死在一块,老天爷有眼睛,你们找个活路吧!"她同丈夫流落出来,佃种山大王的梯田,不管在风里雨里受苦,她的气力总是像牛皮拧成的鞭子一样,永远不会松劲。两个人血一把汗一把地忙到老秋,打下的粮食顶了地租子,自己还得吃曲曲菜和粗糠度命。八路军来了,减了租子,垦了一片荒地,吃着优待粮食。他们像夏天雨后的蝼蛄一样,从松土壳里翻出了身。

她对于八路军的恩情是永远忘不了的,话头话尾之间,她总是感动地对伤兵说:"没有八路军,也没有今天的穷庄稼主哇!喝一口玉茭糊糊,不是比吃曲曲菜强得多吗?"野菜根已经在她的心底深处腐烂了,当她想起今天的光景,她脸上的皱纹像老黄瓜皮一样地裂开了,透出了黄金色的笑容。

伤兵看见吴老娘和蔼可亲的笑容,立刻想起自己的母亲来。母亲是一辈子过着苦光景的,吃菜团吃得恶心,给地主当佃户,几十年都是少吃缺穿。有一次,母亲在扩军大会上给他报了名,在他的怀里塞了一张油饼,眼泪汪汪地说:"孩子,你妈妈是一辈子踩在别人的脚底下,去吧!给你妈妈争口气,八路军是不会错待我们的。"以后他随着队伍打仗,再没有看到母亲了。

吴老娘想起自己的大儿子,替他出主意说:"你应该给家捎个信!"

"现在兵荒马乱的,交通站也转移了。"

她出神地望着他说:"你想她吗?"

"我想她,我怎能不想她呢……"伤兵停了一会儿,又接着说,"我离开家的时候,布袋里只剩下三壳玉茭子。"

"优抗主任会想办法的,不会看着抗属挨饿。"

"那时候,柴火也不多了,剩下几捆草,烧不到打春。"

"那个，政府也会给想办法的，儿童给抗属砍柴，各村都是一样。"

"我吃了你们的公粮……没有粮票……"

伤兵想到了粮票，又不安起来了。

临别的那天，五团派一个卫生员来接伤兵，还带着一副担架来到了村庄。这一天，吴老娘显得特别凌乱和匆忙，卷起袖子做饭，收拾伤兵的衣服，她把煮好的鸡蛋塞在伤兵的衣服兜里。

季节正是冬天，已经到了滴水成冰的时候，小河沟冻得严严实实，河岸的沙土给封住了，冰块闪着耀眼的亮光。吴老娘拖着半吊子脚跟在担架的后边，冷风吹乱了她那苍白的头发，她一边同卫生员讲话，一边去拉露在担架外边的被角。伤兵从被里伸出胳膊来，紧紧地抓住她的手，露出两只眼睛，盯着她那平静而又温厚的脸孔，感动得不知道说什么才好。

吴老娘压着嗓子说："同志，你回队伍上……"

"我回队伍上，你叫我干什么呢?"

"我想……"吴老娘向前迈了一步，"你不要忘了给你母亲捎个信。"

"你待我好，就像我的母亲一样。"

"那么，你到队伍上，就给我捎个信来吧! 告诉我，你的伤好了没有。"

伤兵想给吴老娘敬个礼，他的手腕举到额角边，痛得发抖，又放下了。吴老娘看到他的动作，也摇了摇手。

"回到队伍上，给我捎个信来呀!"

吴老娘一动也不动地站在小河沟岸上，望着担架队走远了。冷风在飕飕地刮着，刮得伤兵的黄衣襟像一只蝴蝶在抖擞着。担架拐过一条茅草道，向着左侧的一片银灰色的山麓走去。

一九四四年